Fluch der Vergangenheit

Roman

von Angelique V.

Herstellung und Verlag:

Books on Demand GmbH

ISBN 9783848224654

Fluch der Vergangenheit

Anno 1567.Die Verurteilung von Adelheid war durch das Gericht getroffen, weil sie der Hexerei angeklagt war.
Die Verbrennung auf dem Scheiterhaufen war für den nächsten Morgen vorgesehen.
Junker Michael war von Adelheids Unschuld überzeugt und wollte sie aus dem Kerker befreien.
Es waren nur noch wenige Stunden, aber Michael wusste, wie er unbemerkt ins Verlies gelangen konnte.
Ein bewaffneter Wärter bewachte den Eingang und lief auf und ab.
Adelheid und zwei weitere Gefangene lagen zerschunden in ihren Zellen, wo sie zuvor bis zur Bewusstlosigkeit gefoltert worden waren.
Um Mitternacht schlich sich Michael zum Brunnen und stieg hinab zu den unterirdischen Gängen, die zum Kerker führten.
Adelheid hatte ihr Bewusst sein wieder erlangt und große Schmerzen.
Der Rücken war durch die Peitschenschläge aufgeplatzt und sie fror entsetzlich und stöhnte vor Schmerz.
Der Wächter hörte voller Missfallen dieses Wimmern und rief verärgert:
"Schweig Weib."
Michael hatte den Teil des Verlieses erreicht wo sich Adelheid befand.
Im Flüsterton sprach er zu ihr:
"Adelheid bitte hört mir zu ich werde euch von hier weg bringen."
Adelheid sah sich erschrocken um und blickte in gütige braune Rehaugen.

"Mein Herr, wie seid ihr hier herein gekommen?"
"Pssst, draußen steht der Wächter, er darf nichts merken. Könnt ihr gehen?"
"Ja mein Herr, die Füße sind noch heil." "Bitte gebt mir eure Hand und folgt mir."
Michael führte Adelheid sicher und unbemerkt in die Freiheit, wo das Pferd schon bereit stand.
"Warum tut ihr das mein Herr?"
"Weil ihr unschuldig seid.
Ich werde euch auf meinen Besitz bringen, wo ihr erst einmal sicher seid von den Schergen der Inquisition."
Michael löste die Riemen, stieg in seinen Sattel und reichte Adelheid die Hand.
"Bitte steigt aufs Pferd."

Adelheid war mit einem Satz oben und hielt sich an Michael fest, während er im Galopp zu seinem Gut eilte. Die Nacht war kühl und sternenklar.

Als Michael mit Adelheid auf sein Gut eintraf, befand sich der Knecht im Stall.
"Nanu, was macht der Heinrich noch im Stall?"
Michael war mit einem Satz vom Pferd und streckte die Arme Adelheid entgegen und sie ließ sich erschöpft in seine Arme fallen.
"Kommt, ich bringe euch zu meiner Magd, sie soll euch reine Kleidung geben und etwas zu Essen."
"Mein Herr, ihr seid wieder zurück?"
"Ja Heinrich, aber was macht ihr zur dieser Stunde noch im Stall?"
"Hat mein Herr vergessen, dass unsere Stute ihr Fohlen bekommt?"
Michael fühlte sich mit der flachen Hand an die Stirn", ach ja und ist es da? so sprecht doch." Heinrich lächelte und nickte.

"Mein Herr, es ist eine Stute und alles gut gegangen."
Junker Michael war sichtlich erleichtert und sagte zu
Heinrich "bitte schickt mir Katharina, sie soll sofort
kommen, dann könnt ihr euch schlafen legen."
"Danke Junker, ich schicke euch Katharina sofort
herüber."
Katharina war in ihrer Kammer und schlief fest, als
Heinrich an ihrer Tür laut klopfte.
Erschrocken fuhr sie hoch und fragte ganz benommen:
"Was ist denn Heinrich?"
"Ihr sollt sofort zum Junker kommen, es ist dringend."
Katharina zog sich einen Morgenrock an und kam
eilends die steilen Stiegen herunter, wo sie ihren Herrn
in der Küche vorfand mit Adelheid.
"Um Himmels Willen mein Herr, was ist passiert?"
"Katharina, bitte hört mir ganz genau zu. Dass Adelheid
auf unserem Hof ist, darf Niemand erfahren! Adelheid ist
unschuldig, trotzdem sollte sie auf dem Scheiterhaufen
verbrannt werden. Die Inquisition wird bald kommen und
ihr dürft nicht verraten, dass Adelheid hier ist. Das gilt für
alle Bediensteten und bitte sagt es Allen."
"Selbstverständlich Junker Michael, ich kümmere mich
gleich um das arme Mädel und seid unbesorgt, ich
schweige wie ein Grab. Ihr könnt beruhigt zu Bett gehen,
ich komme schon zurecht."
Michael sah mitleidig auf Adelheid und wünschte ihr eine
gute Nacht, bevor er den Raum verließ.
In Windeseile zauberte Katharina etwas zu Essen und
stellte es auf den Tisch.

"Bitte esst und stärkt euch. Anschließend richte ich euer
Bett und gebe euch ein sauberes Gewand."
Adelheid aß und trank hastig alles auf und sehnte sich
nach Schlaf.

Katharina kam die Treppe wieder herunter und holte Adelheid ab.

"So Adelheid, euer Bett ist hergerichtet, ich werde euch gerne behilflich sein beim Auskleiden."

Adelheid folgte Katharina in eine kleine Kammer, worin sich nur ein Bett, Konsole und ein Kleiderschrank befand.

Die Bettdecke war zurück geschlagen und ein weißes Leinennachthemd lag auf dem Kopfkissen.

Adelheid setzte sich auf dem Stuhl und konnte sich kaum noch auf den Beinen halten. Vorsichtig zog sie die zerfetzten Sachen aus, die teilweise auf der Haut klebten.

Katharina presste ihre Hand auf ihren Mund, um einen Schrei zu unterdrücken, dann fasste sie sich schnell wieder.

"Ich werde eure Wunden säubern und Salbe auftragen, damit ihr keine Entzündung bekommt."

Adelheid ertrug tapfer die Prozedur, die sich nicht vermeiden ließ und war froh, als sie ihr weißes Nachthemd anziehen durfte. Mit einem Satz war sie im Bett und Katharina deckte sie zu.

"Nun habt eine gute Nacht und morgen sieht schon alles anders aus. Bitte lasst euch nicht am Fenster sehen, da die Feinde darauf warten euch zu holen."

"Danke Katharina, ihr seid sehr gütig und habt keine Sorge, ich werde mich an die Anweisung halten."

Katharina ging zufrieden in ihre Kammer und fiel müde ins Bett.

*

Ein anderer Wächter wurde zur Ablösung geschickt und fragte gleich, ob besondere Vorkommnisse waren, die verneint wurden. Bevor Gustav die Schicht übernahm, überzeugte er sich, in dem er nach der gefangenen sehen wollte. Mit einer Laterne ging er in das Verlies und leuchtete alles aus und erschrak zu Tode.

"Was ist los?", fragte die Ablösung.

"Die Gefangene ist weg."

"Das gibt es nicht, hier kann keiner raus!!" Paul war mit den Nerven am Ende und er wusste, wie die Inquisition mit solchen Verfehlungen umgingen.

"Komm, wir schauen noch einmal gründlich nach."

Beide durchkämmten das komplette Verlies, aber die Verurteilte blieb verschwunden.

"Das kostet mich meinen Kopf."

" Ich habe eine gute Idee" sagte Gustav und schlug Paul auf die Nase. Paul stürzte zu Boden und hielt seine blutende Nase.

"Seid ihr noch zu retten?"

Gustav winkte Paul zu sich und sagte:

"So, jetzt schlagt mich."

Paul holte aus und schlug Gustav unters Kinn.

"Wozu soll das gut sein?"

Gustav stand auf und sagte:

"Überlegt doch, wenn wir jetzt zum Pater gehen und sagen, wir sind überfallen worden, dann wird die Inquisition Milde walten lassen."

Beide klopften sich den Staub von den Gewändern und machten sich auf den Weg zum Pater.

"Hoffentlich habe ich euch nicht zu fest geschlagen?"

"Na ja, so fest hätte es nicht unbedingt sein müssen."

"So sieht es wenigstens echt aus und der Pater glaubt uns."

Nach einer knappen halben Stunde standen sie vor dem Haus vom Pater Markus und klopften an die Tür.

Es dauerte natürlich eine Weile, bis die kleine alte Haushälterin die Tür einen Spalt breit öffnete.

"Wer ist zur dieser Stunde an der Tür?"

"Liebe Frau, bitte weckt den Pater, wir sind die Wächter vom Verlies und niedergeschlagen worden und man hat die Gefangene geraubt."

"Bitte wartet hier, ich hole den Pater. Er wird darüber nicht erfreut sein."

Die Tür fiel wieder ins Schloss.

Nach einigen Minuten öffnete sich die Tür und der Pater war äußerst erbost. Er trug einen langen Schlafrock und ein weißes Leinenhäubchen.

"Was höre ich da von meiner Haushälterin? Die Gefangene habt ihr entwischen lassen!"

"Pater, wir wurden niedergeschlagen."

"Ihr seid unfähig als Wächter und eures Amtes enthoben. Die Inquisition soll über euer Schicksal entscheiden und nun verschwindet."

Der Pater macht eine abwertende Handbewegung und ließ die Tür ins Schloss fällt.

" Was sollen wir jetzt tun?

Wenn die Inquisition genauso denkt, dann sind wir die Nächsten, die auf dem Scheiterhaufen landen."

"Ach Paul, ihr seht immer gleich schwarz. Wir gehen nach Hause und warten ab."

Der Pater schlief sehr unruhig denn die Wut in seinem Bauch ließ ihn nicht zur Ruhe kommen. Er konnte es kaum erwarten, bis der Morgen anbrach und er die Inquisition zusammen rufen konnte.

Die Haushälterin hatte schon den Tisch gedeckt und kümmerte sich um den Haushalt.

Grimmig nahm Pater Markus Platz und schenkte sich Kaffee ein.

Frau Limbach kam gerade ins Esszimmer.

"Pater, habt ihr noch einen Wunsch?"

"Diese verdammten Versager und so was will Wächter vom Kerker sein." "Pater, ich habe Mitleid mit den Herren.
Was hätten sie tun sollen, wenn sie überfallen werden?"
"Ach papperlapapp, sie werden mit ihrem Leben bezahlen, basta.
Der Pater suchte gleich nach dem Frühstück die Inquisition auf und verlangte, dass die beiden unfähigen Wächter gefangen genommen werden. Der Scharfrichter veranlasste gleich die Vollstreckung und schickte zwei seiner Leute los um Gustav und Paul zu verhaften.
Auf dem Ort der Verdammnis wurde alles für die Verbrennung vorbereitet. Es soll ein Schauprozess werden, damit die Menschheit sieht, wie mit Versagern kurzen Prozess gemacht wird.
Der Richter war nun verstärkt daran interessiert, wo sich die Gefangene befand, denn sie war wesentlich wichtiger als die unfähigen Wächter.

*

Als Adelheid erwachte, sah sie Katharina, die mit einem Tablett gerade in die Kammer kam.
"Ihr seid wach, das ist schön. Ich bringe euch Frühstück und der Junker ist sehr daran interessiert nach eurem Wohlbefinden."
Adelheid räkelte sich und richtete ihr langes Haar.
Mit einem Satz war Adelheid am Kaffeetisch und bediente sich von allen Köstlichkeiten.
Katharina legte noch ein Kleid bereit und sagte, bevor sie die Kammer verließ:
"Ihr könnt euch frisch machen und dieses Kleid ist auf Befehl von Junker Michael ausgesucht worden."

Adelheid warf einen Blick auf das Kleid und sprang begeistert auf, hielt das Kleid hoch und drehte sich damit im Kreise.

"Wie kommt der Junker an ein so schönes Kleid?"

"Dieses Kleid gehörte seiner Schwester, die vor zwei Jahren verstarb. Es war eine Tragödie und die Ärmste war noch so jung."

Adelheid war plötzlich in sich gekehrt und sagte kaum hörbar:

"Das tut mir sehr leid."

"Bitte beeilt euch, weil der Junker euch erwartet."

Als Katharina die Kammer verlassen hatte, begann Adelheid mit der Morgentoilette und streifte das Kleid über. Es passte wie Maß geschneidert.

Es war ein tannengrünes Kleid mit weißen Kragen und das lange blonde Haar fiel lockig herunter. Beschwingt lief sie die Stiege hinunter und hörte von weitem die Stimme von Michael, der in der Küche saß.

Adelheid klopfte leise an die Tür und trat ein. Michael sah zur Tür und war entzückt:

"Wie schön ihr seid, bitte kommt näher. Ich muss euch etwas Wichtiges sagen. Lasst euch nicht am Fenster oder auf dem Hofe sehen, denn die Spitzel von der Inquisition sind überall!!"

"Ich verstehe Junker Michael, aber ich würde mich gerne erkenntlich zeigen für euer Opfer, mich zu befreien."

"Das könnt ihr tun. Katharina gibt euch das Gewand einer Bäuerin und ihr helft mit im Stall."

Adelheid nickte zustimmend und sagte:

"Oh ja, das möchte ich gerne tun."

"Gut, dann soll es so sein. Bitte entschuldigt mich, ich muss in die Stadt und in Erfahrung bringen, was der Pater veranlasst hat."

In der Früh um 6:00 Uhr wurde das Verlies geöffnet und der Henker führte die gefesselten Gefangenen zum Scheiterhaufen, wo alles schon vorbereitet war. Die Ketten klirrten und Paul sowie Gustav konnten kaum laufen. Sie sahen ihren Tod ins Gesicht und schwiegen. Am Scheiterhaufen wurden die Fußfesseln gelöst und Paul und Gustav mussten die Leiter hochsteigen. Die Handfesseln blieben und Beide wurden an einem Pfahl festgebunden.

Der Henker legte auch Augenbinden an und kam die Leiter herunter.

Die Inquisition gab den Befehl das Feuer anzuzünden. Mit einer großen Fackel wurde das Feuer entfacht und breitete sich in Windeseile aus. Paul und Gustav schrieen entsetzlich.

Die Schaulustigen waren sehr betroffen und stumm, während sie sonst laut brüllten und anfeuerten.

Mit gesenkten Häuptern löste sich die Menschentraube auf.

Junker Michael sah von weitem die lohenden Flammen und ritt in die Stadt. Beim Kolonialhändler kaufte er für seinen Hof ein und während er sich umsah, hörte er wie zwei Frauen über die Hinrichtung sprachen und Adelheid nun verstärkt gesucht würde. Michael verharrte und trat auf die Frauen zu und fragte ganz unverhohlen:

"Worüber sprecht ihr?"

"Mein Herr, habt ihr nicht gewusst, dass heute früh eine Hinrichtung war. Diese Männer waren unschuldig und mussten sterben, weil eine Hexe verschwunden war."

"Frau, woher wollt ihr denn wissen, dass die Gefangene eine Hexe gewesen sein soll?"

"Das sagen alle im Dorf hier."

"Mein Herr, was darf es heute sein?" fragte der Kolonialhändler.

"Bitte packt wieder dasselbe ein, wie letzte Woche."
Michael bezahlte und konnte nicht schnell genug nach
Hause kommen.

*

Adelheid hatte ein einfaches Kleid an und ein Kopftuch
um, während sie den Stall ausmistet. Plötzlich hört sie
lautes Klopfen am Tor.
"Sofort öffnen, hier ist die Inquisition. Wir suchen eine
Gefangene und müssen alle Höfe und Gutsbesitzer
durchsuchen."
Knecht Heinrich öffnete das Tor und wurde von den
Männern der Inquisition zur Seite gestoßen. Sechs
Männer durchsuchten den ganzen Hof vom
Dachgeschoss bis zu den Ställen. Katharina zitterte vor
Angst und fragte dennoch beherzt:
"Was und wen sucht ihr?"
"Weib schweigt und lasst unseren Leuten ihre Arbeit
machen. Wenn ihr eine Gefangene versteckt haltet,
kostet euch das den Kopf. Also wo ist die Gefangene?"
"Bei uns ist Niemand und die Menschen hier am Hofe
sind Mägde und Knechte von unserem Junker Michael
Lenz."
Adelheid war froh, dass sie für eine Magd gehalten
wurde.
Alles war durchwühlt und umgeworfen, als die Männer
Haus und Ställe durchkämmt hatten.
"Hier ist sie nicht, Fehlanzeige, da müssen wir wohl
weitersuchen, verdammt."
So wie sie den Hof gestürmt hatten, verließen sie ihn
auch wieder.
Katharina war über das Chaos verzweifelt und hatte
Angst vor ihrem Herrn.

Michael war noch einen Kilometer von seinem Hof entfernt und sah von weitem, wie die Inquisition sein Gut verlassen hatte.

Er beschleunigte seinen Galopp und konnte nicht schnell genug seinen Hof erreichen. Die Angst war groß um Adelheid, aber er vertraute auf seine Knechte und Mägde. Als er seinen Hof erreichte, fand er ein Chaos vor und sah sich entsetzt um.

"Mein Herr keine Sorge, Adelheid ist wohlbehalten, aber die Barbaren haben alles durchsucht, jedoch nichts gefunden. Sie werden wohl nicht wieder kommen."

"Michael seufzte tief und bekreuzigte sich und stieß ein: "Gott sei Dank" aus.

"Wo ist Adelheid?"

"Mein Herr, sie wird wohl immer noch im Stall sein." Michael rannte sogleich in den Stall und fand Adelheid lächelnd vor.

"Oh Adelheid, ich bin ja so froh, dass euch nichts geschehen ist." Adelheid trat auf ihn zu und sah ihm tief in die Augen und fragte scheu: "Weshalb sorgt ihr euch so um mich, wo ihr mich kaum kennt."

"Ihr täuscht euch, ich kenne euch schon lange und ich liebe euch von ganzen Herzen."

Adelheid sah an sich herunter und musste feststellen, dass sie nicht gerade anziehend aussah. Michael sah sie verliebt an mit seinen schönen braunen Augen und Adelheid senkte ihren Blick beschämt. Michael berührte sie am Kinn und konnte nun auch ihre Rehaugen sehen.

"Ihr seid in allen Situationen schön, selbst in diesem Augenblick."

"Vielen Dank", kam es wie ein Hauch über ihre Lippen.

"Adelheid, bitte hört mir genau zu. Ihr seid auf meinen Hof nicht mehr sicher und ich werde euch so schnell wie möglich von hier fort bringen."

"Ich soll fort. Aber wohin wollt ihr mich bringen?"

"Hundert Meilen von hier habe ich noch einen Bruder, der ein Gut besitzt und dort seid ihr sicher. Keine Sorge, die Gemahlin von meinem Bruder Johann ist genauso liebenswert wie Katharina."

"Ich verstehe euch, Junker aber ich möchte nicht von hier fort."

"Es ist nur für eine kurze Weile und ich möchte euch nicht verlieren, denn dafür bedeutet ihr mir zu viel. Sobald hier Ruhe eingekehrt ist und Gras über diese Angelegenheit gewachsen, hole ich euch sofort heim. Nun geht in eure Kammer und ruht euch aus."

Adelheid wandte sich ab und ging betroffen die Stiege nach oben.

Die Gedanken kreisten in ihrem Kopf und sie musste sich eingestehen, dass Junker Michael Recht hatte, denn es sollte ja nur für eine kurze Zeit sein.

Katharina kam gerade aus der Kammer und empfing Adelheid freundlich.

"Was macht ihr denn da?"

"Adelheid, ich packe eure Kleider, weil der Herr euch in der Früh von hier fort bringen will."

"Ich verstehe. Ich bin diesem Hause und ihren Bewohnern für alles dankbar und ich freue mich heute schon auf den Tag, an dem ich wieder zurückkomme."

*

Die Inquisition hatte wieder vier verurteilte Gefangene, die am Ort der Verdammnis hingerichtet werden sollten.

Sie wurden in Ketten gefesselt an den Pferdewagen befestigt und beteuerten ihre Unschuld, wenn sie auch durch die Folter total entkräftet waren.

"Schweigt, ihr Verräter, sonst bekommt ihr die Peitsche zu spüren."

Einer der Gefangenen stürzte zu Boden und zog die Anderen mit hinunter. Der Pferdewagen beschleunigte sein Tempo und zog die Verurteilten über den Boden, wo ihre Kleidung gänzlich zerfetzte und die Haut aufplatzte.

Mehr tot als lebendig erreichten sie den Ort der Verdammnis und alles war vorbereitet für die Hinrichtung.

Der Erzbischof ritt wenige Meter vor und sprach zu den Verurteilten: "Habt ihr noch etwas zu beichten? Bekennt euch schuldig, damit ihr nicht ins Fegefeuer kommt."

Voller Hass blickte der Erzbischof auf die Todgeweihten und musste feststellen, dass keiner etwas sagte. Durch Handzeichen gab er das Kommando zur Vollstreckung und der Henker zündete das Stroh an.

In Windeseile griff das Feuer um sich und umhüllte die Beine der Gefangenen, die herzzerreißend schrieen. Die verurteilte Frau, die wirklich eine Hexe war, lachte teuflisch und rief zum Erzbischof:

"Pfaffe, ich komme wieder und das ist ein Versprechen. Dieses Land soll verflucht sein bis in alle Ewigkeit."

Der Erzbischof erschrak über diese Worte, ließ sich aber nichts anmerken.

Die Schreie verstummten langsam und die Körper brannten wie Fackeln. Die Schaulustigen lösten sich langsam auf und Junker Michael sah von weitem die große Rauchwolke, die zum Himmel aufstieg.

Der Erzbischof suchte den Pater kurz auf und verabschiedete sich mit den Worten:

"Wenn ich wieder komme, dann will ich die Adelheid gefunden wissen, sonst rollen noch mehr Köpfe."
Michael ritt ins Dorf, um zu erfahren wie ernst die Situation ist.
Die geschwätzigen Weiber vom Kolonialgeschäft kamen gerade des Weges und steckten die Köpfe zusammen, als sie Michael sahen. Michael galoppierte an ihnen vorbei und stieg vor einem Gasthof vom Pferd. Er klopfte wohlwollend den Rücken vom Pferd und band es an den Pfosten.
Mit forschen Schritten trat er in den Gasthof ein und bestellte sich eine Maß Bier.
Es dauerte nicht lange und ein Angestellter vom Pater betrat ebenfalls den Gasthof und trat auf Michael zu.
"Mein Herr, der Pater wünscht euch zu sprechen."
"Was will er von mir und woher weiß er, dass ich hier eingekehrt bin?"

"Mein Herr, die Damen haben schreckliche Dinge erzählt. Bitte kommt gleich mit mir, ich bringe euch dort hin."
Michael sagte zum Gastwirt:
"Bitte wartet mit dem Einschänken, bis ich wieder zurück bin."
"Geht in Ordnung" brummte der Gastwirt.
Michael folgte dem Angestellten, der sich vor den Toren des Paters verabschiedete.
Michael klopfte an die Tür und wartete eine Weile, bis eine kleine ältere Haushälterin öffnete.
"Mein Herr wünschen?"
"Ihr Pater lässt nach mir schicken."
"Dann seid ihr der Junker Lenz, der Pater erwartet euch schon, bitte tretet näher."

Michael betrat das kleine Haus und fand einen wohlgenährten Menschen in schwarzer Robe vor, der gerade ein Hähnchen verzehrte.

Seine Hände waren fettig, der Kopf hochrot, wie er laut schmatzend alles was ihm in die Hände kam in sich hinein stopfte.

Michael blieb angewidert stehen und sah voller Verachtung auf diesen Geistlichen. Mit vollem Mund bat der Pater, das Michael Platz nehmen sollte. Mit einer weißen Serviette rieb er sich die fettigen Finger ab und trank einen riesigen Schluck Rotwein, wonach er laut rülpste.

Dann schaute er auf und sein dickes rotes Gesicht verfinsterte sich.

"Endlich seid ihr da, wo ist die verurteilte Adelheid, hhm?"

"Pater, ich habe keine Ahnung und außerdem habt ihr mir doch die Inquisition geschickt und die haben auch nichts gefunden."

"Wir lassen euren Hof weiterhin beobachten und durchsuchen. Wenn ihr einer Gefangenen Asyl gewährt, so macht ihr euch strafbar und das ist euch doch bekannt."

"Nun Pater, wenn es weiter nichts zu besprechen gibt, so möchte ich mich gerne verabschieden, denn im Lindenhof wartet ein kühles Helles auf mich."

Der Pater machte eine wegwerfende Handbewegung und sagte noch einmal warnend:

"Ich habe euch gewarnt und nun geht."

Michael erhob sich und verließ das Haus und war sehr erbost.

Der Pater erhob sich und schaute hämisch grinsend aus dem Fenster.

"Wartet nur, ich kriege euch" murmelte er vor sich hin.

Michael schwang sich auf sein Pferd und ritt eilends zum Hof. Katharina hörte die Hufschläge und eilte zum Fenster:

"Unser Herr ist schon wieder zurück und er ist sehr erregt."
Michael sprang vom Pferd und sein Knecht Ferdinand brachte es in den Stall.
Katharina lief ihm entgegen und fragte ganz gefasst: "Was habt ihr, mein Herr?"
Michael warf seine Lederhandschuhe wütend auf den Tisch und schrie fast:
"Der Pater, das vollgefressene Etwas hat mir gedroht, er will mich auf dem Scheiterhaufen sehen und Adelheid muss heute noch weg."
Junker Michael, es ist alles vorbereitet für die Reise."
"Gut Katharina, ich werde mich ein wenig ausruhen, denn der Ritt durch die Nacht ist nicht einfach."

*

Der Pater ließ noch zu später Stunde seine Leute rufen, die für ihn spionieren sollten. Bis auf Friedrich waren alle anwesend.
Mit seinen glasigen Glubschaugen sah er auf seine Leute und fragte vorwurfsvoll:
"Wo ist der Friedrich?"
"Aber Pater, wisst ihr es nicht, dass Friedrich schon seit Tagen mit Fieber krank danieder liegt?"
Pater Paul kratzte sich die Glatze und war richtig betroffen. Er schickte seine Haushälterin zum Doc, damit er sofort Friedrich aufsuchen sollte.

Nachdem alles besprochen war, zogen sich die Gefolgsleute wieder zurück. Die Haushälterin war schnell wieder zurück und Pater Paul fragte gleich:
"Na was sagt der Doc?"
"Er geht nach der Sprechstunde zu Friedrich. Das Wartezimmer war voll, so viele Kranke habe ich lange nicht gesehen."
"Ist gut Frau, ihr könnt euch zurückziehen, ich brauche euch heute nicht mehr."

Dr. Ziethen klopfte an Friedrichs bescheidene Tür. Eine zierliche kleine Frau öffnete mit ernstem Gesicht die Tür und war sehr erschrocken.
"Wir haben keinen Doktor bestellt, denn wir können uns keinen Arzt leisten."
"Keine Angst Frau, der Pater schickt mich, weil euer Gemahl für ihn sehr wichtig zu sein scheint. Was fehlt eurem Gemahl?"
"Er hat seit Tagen hohes Fieber und Husten."
"Hallo Friedrich, was fehlt euch?"
Dr. Ziethen untersuchte ihn gründlich und öffnete sein Gewand. Erschrocken ließ er ihn sofort los, schaute aber noch einmal richtig nach und sah die schwarzen Pestbeulen.
"Was habt ihr Doktor?"
"Ihr müsst jetzt sehr stark sein und euren Gemahl dürft ihr nicht mehr berühren. Er hat die Pest, den schwarzen Tod, wogegen es kein Heilmittel gibt."
"Was soll denn jetzt mit ihm geschehen?"
"Er muss sofort aus dem Haus und mit seinen Gewändern verbrannt werden. Ich lasse ihn gleich abholen und ihr kommt in meine Praxis, ob ihr euch nicht angesteckt habt."
Doktor Ziethen verließ gehetzt das Haus und eilte in seine Praxis.

Er entledigte seiner Gewänder und wusch sich gründlich und zog neue Gewänder an. Hildegard, seine Sprechstundenhilfe sah diese Aktion mit großer Besorgnis.
"Was hat das zu bedeuten, Doc?"
"Hildchen, die Pest ist ausgebrochen, ein Wunder ist es nicht, weil die Menschheit in ihrer eigenen Kloake lebt und die Hygiene zu wünschen übrig lässt. Ach, bitte geht schnell zum Pater und überbringt ihm die Nachricht, dass er auf Friedrich wohl für immer verzichten muss."
"Das mache ich und bin gleich wieder zurück."
Hilde klopfte an die Tür vom Pater. Das Fenster von der Wohnstube ging auf:
"Wer klopft da?" fragte eine brummige Stimme.
"Pater, hier ist Hildegard, die Sprechstundenhilfe. Der Doc schickt mich und ich soll euch sagen, dass der Friedrich die Pest hat und ihr unbedingt euch untersuchen lassen sollt, wie alle Anderen auch."
"Waass?"
"Ich muss wieder in die Praxis, bei uns ist die Hölle los und sagt eurer Haushälterin, sie soll sich auch untersuchen lassen."
Hildegard lief eilends in die Praxis. Sie wusch sich gleich die Hände und sah, dass das Wartezimmer voll war bis auf den letzten Platz. Von draußen drang Qualm herein.
"Wo kommt der Qualm her, Doc?"
" Das sind die ersten Fälle von Pesttoten die verbrannt werden."
"Das ist ja grausam."
"Hilde, es muss sein, nur wenn wir alles verbrennen, so können wir verhindern, dass sich diese Seuche weiter ausbreitet."
"Der Erzbischof hat beschlossen, dass alle Toten auf dem Platz der Verdammnis verbrannt und eingeäschert werden sollen."
"Aber Doc, das ist entweihte Erde."

19

"Ich weiß Hilde, gegen den Erzbischof bin ich machtlos und muss mich den Gegebenheiten fügen und nun holt mir den nächsten Patienten."

Der Großteil hatte nur eine leichte Erkältung und Dr. Ziethen atmete erleichtert auf, als der letzte Patient gegangen war.

"Hildchen, ich muss noch zum Pater."

"Der Arztkoffer ist gepackt, Dr. Ziethen."

"Danke, Hildchen, bitte wartet nicht auf mich und macht Feierabend."

Der Doc war beim Pater angekommen und klopfte an die Tür.

Der Pater selber öffnete und war überrascht über den späten Besuch.

"Was wollt ihr zur so späten Stunde, Doc?"

"Tja, ich muss euch dringend untersuchen und eure Haushälterin auch."

"Warum?" fragte der Pater verständnislos.

"Pater, wir haben einen Patienten, der an der Pest erkrankt ist und dies wird kein Einzelfall sein. Bitte macht euch frei, damit ich euch untersuchen kann."

Der Pater gehorchte und riss sein Gewand auf mit seinen fleischigen dicken Fingern. Dr. Ziethen untersuchte den Pater besonders gründlich und fand hinter seinem linken Ohr einen schwarzen Fleck von der Größe einer Münze.

"Pater, was habt ihr hinter eurem Ohr?"

"Hm, das wird wohl ein Muttermal sein, ich weiß es nicht."

"Wie fühlt ihr Euch? Habt ihr Husten oder Fieber?"

Der Pater schaute ungläubig mit seinen glasigen Glubschaugen zum Doc auf und schüttelte den Kopf.

"Also gut, dann seid ihr gesund und nun schickt mir eure gute Seele des Hauses." Der Pater ging hinaus und klopfte an die Kammertür.

”Limbach, bitte kommt sofort zum Doc.” Frau Limbach
zog sich einen Morgenmantel über, da sie schon zu Bett
gegangen war.
”Ich komme, Pater und sagt das dem Doc.” Der Pater
kam wieder in die Wohnstube und sagte:
”Sie kommt gleich.”
Frau Limbach kam ganz aufgeregt ins Zimmer und
fragte nach dem Grund.
”Oh, da ist ja Frau Limbach, bitte entschuldigt die späte
Störung, aber ich muss euch untersuchen.”
“Wieso denn?”
“Bitte erschreckt nicht, aber wir haben einen Pestfall.”
Frau Limbach schaute mit geweiteten Augen voller
Angst und bekreuzigte sich.
“Oh Jesus Maria, das ist ja schrecklich.”
“Seht ihr, deshalb will ich Euch vorsorglich untersuchen,
um diese Epidemie auszuschließen.”

Der Pater verließ sein Haus und wollte sich noch ein
wenig die Füße vertreten. Zum Glück konnte der Doc
auch bei Frau Limbach den schwarzen Tod
ausschließen. Erleichtert knöpfte Frau Limbach ihr
Nachtgewand wieder zu.
”Bitte seid vorsichtig und haltet viel Reinlichkeit, dann
kann euch so schnell nichts geschehen.”
“Danke Doktor, das werde ich sehr beherzigen und für
den Pater verbürge ich mich.”
“Dann ist ja alles klar, einen schönen Abend noch, Auf
Wiedersehen.”

*

Junker Michael hatte schon alles für die Reise vorbereitet und wurde plötzlich durch Aufruhr auf seinem Hof von seiner Handlungsweise abgelenkt. Katharina kam auch ganz aufgeregt zu ihrem Herrn.

"Was ist geschehen?"

"Ach Herr, der Konrad liegt im Stall und glüht vor Fieber."

"Deswegen seid ihr so außer euch?"

"Junker Michael, wusstet ihr nicht, dass es einen Pestfall gab."

"Was? das glaub ich nicht."

"Doch, mein Herr, ein Gefolgsmann vom Pater hat es erwischt und es wurden schon Befehle erteilt, die Pesttoten verbrennen zu lassen."

"Ausgerechnet jetzt, das hat uns jetzt noch gefehlt. Wenn eine Epidemie ausbricht, dann können wir nicht ausreisen und stehen unter Quarantäne. Schickt nach dem Doktor, vielleicht hat unser Konrad ja nur eine Grippe. Schnell schickt den Karl, er soll das Pferd nehmen."

Michael stürzte aus dem Haus und in den Stall, um nach Konrad zu sehen.

"Konrad, was fehlt euch? So sprecht doch!"

Konrad befand sich schon im Delirium und zitterte am ganzen Körper. Auf der Stirn waren dicke Schweißperlen und sein weißes Leinenhemd war durchnässt.

Konrad rang nach Luft und riss den Kragen vom Hemd auf.

Auf dem Brustbein war alles schwarz und zwei Pestbeulen kamen zum Vorschein. Michael lief voller Panik aus dem Stall und warnte alle seine Bediensteten: "Bitte betretet nicht den Stall, sonst seid ihr des Todes."

Erschrocken wichen alle zurück und Katharina fragte: "Nun, hatte ich nicht Recht?" Karl wurde beobachtet, wohin er ritt.

Der Pater erkannte, dass Karl zu Junker Lenz gehörte.
"Wohin wollt ihr mit dem Pferd von eurem Herrn?"
"Der Doktor muss sofort kommen, unseren Konrad hat
es erwischt." Der Pater ging gleich einige Meter zurück,
bekreuzigte sich und verschwand. Karl klopfte an die Tür
und Dr. Ziehten wusste gleich, dass ein Notfall vorlag.
"Bitte kommt gleich mit mir Doktor, unser Konrad ist
schwer erkrankt."
"Ich komme gleich, bitte reitet schon voraus und keiner
darf zu dem Erkrankten."
Doktor Ziethen galoppierte schnell hinterher und hatte
dabei kein gutes Gefühl Als sie das Gut erreichten, war
Konrad inzwischen verstorben. Dr. Ziethen sah von
weitem schon, was die Todesursache war.
"Hier kann ich nichts mehr tun, der zweite Fall von Pest.
Ich lasse den Toten abholen und er wird mit den
anderen verbrennen, damit die Seuche nicht noch mehr
um sich greift.
Lasst niemand in den Stall, bis er ausgeräuchert ist. Ich
muss weiter zum nächsten Patienten, wird wohl eine
lange Nacht werden, Adieu."
Die Inquisition beobachtete den Doc und stellte sich ihm
in den Weg.
"Wo kommt ihr her? Wir haben euch gesehen, dass ihr
beim Junker Lenz gewesen seid."
"Sehr wohl, aber wenn jemand erkrankt ist, dann muss
ich helfen. Es war der Knecht Konrad, leider tot, die
Pest."
"Waass, die Pest?"
Der Doktor riss die Zügel herum und ritt ins Dorf zurück,
wo der nächste Fall schon eingetreten war.

Die Pest verbreitete sich wie ein Lauffeuer und trieb
zweidrittel der Menschheit in den Tod.

Anno 1867…. dreihundert Jahre später.

Professor Martens vertrug das strenge Klima des Nordens nicht mehr und war auf der Suche nach einem geeigneten Grundstück in einer milderen Gegend.

Robert Martens erhielt Post von seinem Makler, wo er ihn zu sich bat. Er schickte nach einer Kutsche und machte sich auf dem Weg. Nach einer halben Stunde hielt die Kutsche vor einem alten schiefen Fachwerkhaus aus dem sechzehnten Jahrhundert.

Robert stieg aus und klopfte an die Türe mit dem dafür vorgesehenen Messingring. Schlürfende Schritte näherten sich und ein weißhaariger mittelgroßer Herr öffnete.

"Professor Martens, ich grüße sie, bitte treten sie doch näher. Ich habe etwas für sie gefunden und sie werden begeistert sein."

Robert folgte dem netten Greis und fragte, „was ist denn mit ihrem Bein passiert?"

"Ach junger Mann, im Alter wollen die Knochen nicht mehr so und ich bin böse gestürzt."

Herr Wiegand schlürfte hinter seinen Schreibtisch und breitete mehrere Entwürfe aus. Robert sah besorgt den alten Herren an und nahm gegenüber von ihm Platz. Robert sah sich die Entwürfe an und war sehr interessiert.

"Professor, wie wäre es mit dem Kurort im Rheintal? Da ist ein herrliches Klima. Die Königin Sophie von Schweden verbringt dort immer ihre Kur."

"Sehr interessant, Herr Wiegand, sie haben gute Arbeit geleistet.

Das Grundstück entspricht genau meinen Vorstellungen, direkt in Rheinnähe.

Herr Wiegand, wir kommen ins Geschäft. Bauen sie mir eine Villa."

"Professor, das freut mich und ich werde alles dazu in die Wege leiten."

Robert erhob sich, verneigte sich und sagte:

"Habe die Ehre."

Zufrieden verließ er das Knusperhäuschen und stieg in die Kutsche, die draußen auf ihn wartete.

Er war Kunsthistoriker und sehr reich von Hause aus und viel auf Reisen. Seinen Beruf liebte er über alles. nur seine Tätigkeit beanspruchte so viel Zeit, dass es ihm unmöglich war, die richtige Partnerin fürs Leben zu finden. Robert war schon Mitte Dreißig, ein gut aussehender stattlicher Mann mit dunkelblonden Haar, warmen Rehaugen und einem gepflegtem Oberlippenbärtchen.

Als die Kutsche vor seinem Hause hielt, bat Robert einen Augenblick zu warten, weil er gleich zum Bahnhof wollte.

Robert stürmte hinauf in seinem Appartement, um seinen Koffer zu holen.

"Da ist ja mein lieber Mieter, den ich so selten sehe."

"Oh Frau Stade, ich grüße sie, aber wie sie sehen, muss ich gleich weiter zu einer Auktion. In ca. drei Tagen bin ich wieder zurück und dann setzen wir uns zusammen, denn ich habe mit ihnen etwas wichtiges zu besprechen."

"Sie wollen eine Hauswirtin doch wohl nicht im Stich lassen?"

"Keine Sorge, SIE werde ich nie im Stich lassen."

"Da bin ich aber beruhigt!"

Lächelnd verschwand Frau Stade wieder in ihrer Räumlichkeit. Robert griff nach seinen gepackten Koffer und stieg in die wartende Kutsche.

"Jetzt zum Bahnhof bitte...."

"Sehr wohl, mein Herr.
"Robert lehnte sich entspannt zurück und musste
laufend an das Grundstück am Rhein denken und er
plante auf dem Rückweg sich dieses Areal einmal an-
zusehen. Die Kutsche hielt und Robert war wieder in der
Realität. Er bezahlte großzügig und gab dem Kutscher
noch Trinkgeld.
"Mein Herr, das ist viel zu viel."
Robert winkte ab und verschwand in der großen Bahn-
hofhalle. Der Zug traf in wenigen Minuten ein und die
Fahrt dauerte ca. vier Stunden. Robert schloss die
Augen und träumte von seiner Villa.

Professor Martens checkte in einer einfachen Pension
ein, die sich am Stadtrand befand. Sie nannte sich
Pension Amsterdam.
Hinter der Theke stand ein blonder wirr gelockter unter-
setzter Mann mit dickem Bauch und hervorquellenden
Augen wie bei einer basedowschen Krankheit.
"Ich möchte voraus bezahlen und bleibe ca. drei Tage in
ihrem Etablissement."
Anton Naaseler grinste breit, als er das gute Geschäft
witterte. Er reichte Robert die Schlüssel und kam hinter
seinem Tresen hervor. Robert bat ihn, voraus zu gehen.
Anton lief die Treppe hinauf und schloss Zimmer Nr. 202
auf. Robert sah sich kurz um und bedankte sich.
"Haben sie noch einen Wunsch?"
Prof. Martens überlegte kurz und bestellte eine kleine
Mahlzeit. Anton stieg die Treppe wieder hinab und
Robert sah sich im Zimmer um. Die Ausstattung war
sehr einfach, einen zweitürigen Kleiderschrank, Bett,
Nachtkonsole mit Kommode, worauf sich auf einer
Marmorplatte eine Waschschüssel aus Aluminium
befand.

"Na ja, ist ja nur für zwei Tage" dachte Robert laut, aber da wurde schon sein Imbiss gebracht.
"Alles zu ihrer Zufriedenheit, mein Herr?"
"Ja danke."
Als Robert sein Snack einnahm, hörte er draußen Tanzmusik und er wollte sich amüsieren.
"Woher kommt die Musik?"
"Hier ist immer Tanzmusik"
antwortete Anton Naaseler gelangweilt. Das wollte sich Robert nicht entgehen lassen und ein wenig abschalten und sich amüsieren. Deshalb beschloss er später auch hinunter zu gehen. Er hängte seinen Mantel an die Garderobe und begab sich in den Biergarten, der gut besucht war. Robert hielt Ausschau nach einem freien Tisch und sah sich suchend um, bis er am Rande noch einen freien Platz fand. Am Tisch saß ein älterer Herr, der genüsslich seinen Schoppen Wein trank.
"Ist hier noch ein freier Platz?"
fragte Robert höflich. Der ältere Herr sah Robert freundlich an und sagte:
"Aber sicher mein Herr, bitte setzen sie sich zu einen einsamen alten Herrn."
"Sie sind sehr freundlich, vielen Dank." Robert nahm Platz und studierte die Speisekarte, während die Bedienung schon zum Tisch kam.
"Haben sie schon gewählt mein Herr?"
"Ja, gnädiges Fräulein, bitte bringen sie mir einen Schoppen Rheinhessenwein."
"Kommt sofort gnädiger Herr."
"Junger Mann, sie kommen vom Rhein?"
Robert schüttelte lächelnd den Kopf und antwortete:
"Nein, aber ich möchte dort hinziehen."
Robert sah in die Runde und zwei Tische weiter sah er ein sehr bezauberndes Mädchen in Begleitung eines älteren Ehepaares. Er konnte seinen Blick nicht von ihr

lassen, so schön war sie. Da kam die Bedienung und brachte den Wein.

"Zum Wohl, der Herr."

"Ja danke"

sagte Robert hastig. Der ältere Herr am Tisch bemerkte Roberts Geistesabwesenheit und lächelt verständnisvoll.

"Mein Herr, beim nächsten Walzer fordern sie ihre Angebetete auf."

Robert schaute ganz erstaunt und fragte:

"Woher wissen sie?"

" Junger Mann, Sie brennen vor Leidenschaft und ihre Augen verraten alles."

Der nächste Walzer wurde gerade gespielt und Robert nahm allen Mut zusammen und verneigte sich am Tisch Nr.3

"Darf ich um den Walzer bitten?"

Frau Edwina und Alfred Müller schauten erstaunt zu den vornehmen Herren hoch und antworteten:

"Bitte sehr, mein Herr."

Astrid erhob sich scheu und errötete leicht. Robert reichte ihr seinen Arm und führte sie auf die Tanzfläche, wo er sich im Walzertakt herumwirbelte.

"Alfred, schau wie vornehm dieser Herr ist, ein idealer Bilderbuchschwiegersohn."

"Edwina, bitte sei nicht zu voreilig."

Robert zog seine Traumfrau fester an sich und hoffte, in ihre Augen sehen zu können.

"Schönes Fräulein, wie ist ihr Name?"

Da blickte Astrid auf zu ihm und antwortete scheu:

"Ich heiße Astrid."

Robert sah in veilchenblaue Augen und ein schönes Gesicht von langen schwarzen Haaren umrahmt.

"Ich bin Robert Martens und geschäftlich hier, und sie Astrid?"

"Ich bin mit meinen Eltern hier auf Urlaub und heute ist unser letzter Tag. Morgen geht es wieder zurück nach Bad Honnef."
"Nach Bad Honnef?" fragte Robert erfreut.
"Aber ja, warum sind sie so euphorisch?"
"Weil ich dort eine Villa bauen lasse. Ich glaube das Schicksal hat gewollt, dass wir uns kennen lernen."
Astrid war irritiert über Roberts Worte und schaute ihm in die Augen, die begehrend glühten und so schön braun waren. Sie fühlte etwas, was ihr fremd war.
"Liebe Astrid, ich habe öfter in Bad Honnef zu Tun, überwiegend durch den Bau meiner Villa. Darf ich sie besuchen??"
"Das können nur meine Eltern erlauben und ich muss zur Haushaltsschule."
"Das macht gar nichts, dann werde ich mit Frau Mutter und Herrn Vater sprechen."
Der Walzer war zu Ende und Robert brachte Astrid zurück an ihren Tisch, verneigte sich und bedankte sich.

Der ältere Herr lächelte wohlwollend und empfing Robert mit den Worten:
"Sie haben alles richtig gemacht und ich drücke ihnen die Daumen, dass sie ihre Traumfrau bekommen."
"Sie hatten Recht mein Herr, es war wunderbar und nun habe ich Durst bekommen." Robert trank seinen Wein hastig aus und schwebte alsbald auf Wolke Nummer 7. Als die Bedienung kam, bestellte er gleich noch einen Schoppen. Astrid und Robert suchten sich mit den Augen gegenseitig und Edwina sah das mit Wohlwollen.
"Wie heißt dieser vornehme Herr?"
"Er heißt Robert Martens und baut in unserer Stadt eine Villa. Er hat mit Kunst usw. zu tun und ist Professor."

Edwina hielt sich die Hand vor dem Mund um nicht gleich vor Begeisterung los zu schreien. Alfred hatte auch leuchtende Augen und meinte:

"Eine gute Partie, dass muss ich schon sagen."

"Mutter, Vater, ihr wollt mich doch nicht verkuppeln!"

"Nein mein Kind, aber solche Gentleman sind sehr selten."

"Ich habe ihm gesagt, dass ich noch die Haushalts-schule zu Ende bringen muss und das Ganze noch drei Jahre dauert."

"So ist es Recht mein Kind, gute Einstellung, sehr vernünftig."

Robert war etwas beschwipst und gelöster als sonst und verspürte den Wunsch zu tanzen.

Wieder begab er sich an Tisch Nr. 3 und bat verneigend um den Tanz. Astrid folgte ihm auf die Tanzfläche und Robert klammerte sich an seiner Traumfrau. Bei soviel Nähe konnte Astrid das wilde Herzschlagen hören. Als sie Robert in die Augen sah, ward es um sie geschehen und ihr Herz schlug ebenso bis zum Hals. Robert flüsterte voller Leidenschaft:

"Astrid, ich liebe sie und ich möchte sie heiraten."

Astrid war ganz durcheinander und konnte nichts Anderes als nur ein schwaches "Ja" hauchen.

Als Robert Astrid zurück an den Tisch brachte, be-merkten die Müllers, dass Beide glühten. Edwina ergriff das Wort:

"Kind, es ist schon spät. Morgen müssen wir früh aufstehen. Bitte verabschiede dich von diesem netten Herrn."

Robert wünschte eine gute Reise, verneigte sich und ging zurück zu seinen Tisch. Der nette alte Herr hatte sich bereits zurückgezogen.

Nun hatte Robert ein Ziel vor Augen und konnte die
Fertigstellung seiner Villa kaum erwarten. Viel zu auf-
gewühlt war Robert und an Schlaf war nicht zu denken,
obwohl er in der Früh zur Auktion musste.

Robert erwachte total gerädert. Auf das Frühstück verzichtete er und trank stattdessen nur eine Tasse Kaffee.
Die Kutsche wartete bereits und etliche Stunden lagen
noch vor ihm.
"Gnädiger Herr, sind sie soweit?"
"Ja Kutscher, wir können fahren."
Der Fiaker nahm die Zügel in die Hand und die Pferde
galoppierten los. Durch die gleichmäßigen Hufschläge
auf dem Kopfsteinpflaster schlief Robert ein und träumte
von einer Zukunft mit Astrid.
Durch einen plötzlichen Ruck wurde er in die Wirklichkeit
zurückgeholt und schaute verschlafen aus dem Fenster.
Er rieb sich die Augen, schnappte seinen Aktenkoffer
und Zylinder und sagte dann zu sich selbst:
"Na, dann wollen wir mal."
Robert stieg hastig aus und begab sich zum Eingang
von der Auktion. Herr Poschmann wartete schon ganz
ungeduldig und empfing ihn mit den Worten:
"Na endlich Herr Professor, ich bin schon ganz konfus
wegen der Auktion."
"Herr Poschmann, sie sehen alles zu ernst und machen
sich selbst das Leben schwer. Wo haben sie denn die
Kunstwerke?"
Herr Poschmann verschwand in einem Hinterzimmer
und holte mindestens zehn Kunstgemälde hervor.
Robert staunte vor Bewunderung und nahm jedes
einzelne Gemälde unter die Lupe.
Er ließ sich Zeit, inspizierte alles genau bis ins Detail
und Herr Poschmann bot ihm einen Weinbrand an.

"Oh, was für ein Tröpfchen" bemerkte Robert und schwenkte den Weinbrandkelch.

"Professor, den haben sie sich verdient und morgen habe ich gute Einnahmen dank ihrer Wertschätzung."

"Da kann ich sie beruhigen, die Gemälde sind alle echt mein lieber Herr Poschmann. Den nächsten Zug muss ich noch bekommen, weitere Termine, sie verstehen?"

"Ist gut Professor, wir sind ja fertig für heute, also bis bald."

Robert nahm seinen Zylinder, Aktentasche und verließ die Auktion.

Er schaute sich nach einer Droschke um, die ihn zum Bahnhof bringen sollte. Ganz in der Nähe hörte er die Hufschläge auf dem Kopfsteinpflaster und winkte sogleich den Kutscher heran.

"Wohin darf ich den gnädigen Herrn bringen?"

"Bitte schnell zum Bahnhof, mein Zug geht in einer halben Stunde."

"Keine Sorge, das schaffen wir schon."

Der Kutscher nahm die Zügel und schon ging die Fahrt los. Voller Zuversicht fuhr Robert wieder nach Hause und hatte den Kopf voller Pläne, wie die Villa aussehen soll.

*

Als Robert zu Hause ankam, fand er einen Brief vor, der für ihn sichtbar auf dem Tisch lag. Er legte seine Aktentasche hin und öffnete sofort den Brief. Er war von seinem Makler, der Robert in seiner Kanzlei bat.

Frau Stade, die Hauswirtin kam die Stufen hoch und wollte ihren Lieblingsmieter begrüßen, den sie kaum zu sehen bekommt.

"Herr Martens, wie schön sie wieder zu sehen. Ich hoffe, der Brief bringt keine unangenehmen Nachrichten."

"Frau Stade, ganz im Gegenteil. Morgen habe ich einen Termin bei Herrn Graf, denn er hat das geeignete Land für mich gefunden. Jetzt hat er wohl die ersten Entwürfe für die Villa."

Während Robert von seiner Villa vorschwärmte, hatte Frau Stade plötzlich Tränen in den Augen und war ganz in sich gekehrt. Robert sah zu ihr herüber und bemerkte die Gefühlsregung.

"Aber meine liebe Frau Stade, was haben sie denn?"

"Professor, sie sind für mich wie ein eigener Sohn und ich bin traurig, wenn ich sie verliere."

"Frau Stade wissen sie was, ich nehme sie mit."

"Aber das geht doch nicht."

"Und ob das geht, ich lasse sie doch nicht alleine zurück und jetzt will ich keine Träne mehr sehen."

Robert umarmte seine Hauswirtin und sagte voller Wärme:

"Was hätte ich nur ohne sie die ganzen Jahre angefangen, sie waren für mich auch immer wie eine Mutter. Aus diesem Grund lassen wir von jetzt an das "Sie" weg. Ich bin Robert und du bist Tante Therese."

"Du liebenswerter Schlingel, aber damit bin ich einverstanden. Jetzt muss ich wieder in meine Wohnung, denn mein Besuch kommt gleich, also gute Nacht Robert."

"Gute Nacht Tante Therese."

Robert schlief sehr unruhig und erlebte einen Albtraum, als er eingeschlafen war. Zerschundene Menschen allen Geschlechts verfolgten ihn und ließen ihn nicht mehr aus den Klauen. Schweiß gebadet war er plötzlich wach und sah auf seinen Wecker, der laut tickte. Es war gerade mal kurz nach Mitternacht und Robert machte kurz Licht. Sein Herz raste vor Angst und er konnte mit dem Traum absolut nichts anfangen.

Nachdem er sich einigermaßen wieder beruhigt hatte, versuchte er wieder einzuschlafen. Es dauerte nicht lange und Robert wurde erneut von diesem Albtraum geplagt, fand aber keine einleuchtende Erklärung.

Gerädert wachte Robert auf und machte sich bereit für seinen Termin beim Makler.
Er entschied zu Fuß zu gehen, da die Luft am Morgen so gut tat. Bis zu Herr Wiegand waren es knapp zehn Minuten zu gehen. Die Damenwelt schaute Robert diskret nach und ließen ihre Taschentücher fallen.
Robert hatte einen strammen Schritt und stand nun vor dem alten Fachwerkhaus. Herr Wiegand hatte ihn schon gesehen und öffnete die Tür.
"Mein lieber Professor, da sind sie ja, bitte treten sie näher."
"Guten Morgen Herr Wiegand ich hoffe, sie haben gute Neuigkeiten für mich."
"Bitte folgen sie mir Herr Martens."
Robert sah nun wie gebannt auf die Pläne, wie seine Villa aussehen sollte. Er trat nun an den Tisch und schaute sich die Pläne genauer an.
„Hmm, das sieht ja sehr gut aus, Herr Wiegand. Bitte veranlassen sie alles Notwendige und teilen dem Architekten mit, dass ich ihn aufsuchen werde."
"Herzlichen Glückwunsch Professor zu dieser Ent-scheidung."
"Danke Herr Wiegand ich vertraue ihnen und ich weiß, dass ich mich auf sie verlassen kann und wenn Fragen sind; ich werde nach jeder Dienstreise bei Ihnen vorbei schauen."
Robert verabschiedete sich und packte seinen Koffer für die nächste Reise.

Die Firma Schmidt hatte den Auftrag, mit dem Bau der Villa zu beginnen und begab sich zu dem Grundstück. Die Blicke waren voller Fragezeichen, weshalb dort noch nicht gebaut worden war. Das Grundstück war verwildert und das Unkraut über zwei Meter hoch gewachsen. Der Architekt Manfred Schmidt kratzte sich am Hinterkopf und verzog sein Gesicht leicht säuerlich. Er erklärte seinen Leuten, wie er es haben wollte nach seinen Plänen.

"Meine Herren haben sie soweit alles verstanden? Gut, dann fangen wir gleich morgen an und machen das Grundstück bebaubar."
Damit war die Lagebesprechung beendet. Während Manfred Schmidt zu seiner Kutsche ging, dachte er fortwährend über das verwilderte Grundstück nach und hatte auf einmal ein mulmiges Gefühl, das da etwas nicht in Ordnung sein könnte.
Der Polier beobachtete seinen Chef von der Seite und fragte ihn, was ihn so nachdenklich stimme.
"Willi, ich weiß nicht so Recht was da auf uns zukommt und mein Instinkt sagt mir, dass da etwas nicht stimmt."
"Aber Chef, so kenne ich sie gar nicht. Wir bauen die Villa von dem reichen Unbekannten und fertig. Es ist nur ein Auftrag."
Manfred nickte und gab seinen Polier Recht.
Punkt acht Uhr standen die Bauarbeiter vor Ort und machten sich an die Arbeit. Es war ein goldener Okto-bertag und es wurde das Unkraut abgerodet, bist der Boden für das Fundament ausgehoben werden konnte. Nachdem knapp zwei Meter ausgehoben waren, stießen die Bauarbeiter auf menschliche Überreste, was einem Massengrab gleich kam. Die Arbeit wurde sofort gestoppt und Manfred Schmidt wurde herbei zitiert. Manfred setzte sich auf sein Rad und kam angebraust,

lehnte es an die Mauer und eilte zu dem Fund.
"Verdammt ich hab's gewusst. Jetzt müssen wir die
Polizei holen.
Willi, nimm mein Rad und hole die Polizei."
Manfred sah sich um und war fassungslos.
Nachdem die Polizei von dem Fund erfahren hatte,
waren sie gleich vor Ort und suchten alles ab. Inspektor
Brand schaute ratschend um sich und sagte:
"Meine Herren, solange nicht geklärt ist, was sich hier
zugetragen hat, kann vorerst nicht gebaut werden. Ich
hoffe, dass es im Rathaus Unterlagen gibt, die uns
weiterhelfen können. So leid es mir tut, ist erst einmal
Baustopp."
Manfred schickte seine Leute nach Hause und schloss
sich dem Inspektor an, da er auch erfahren wollte, was
früher auf diesem Grundstück war.
Inspektor Brand fragte an der Rezeption, wo das Archiv
war.
Ein brummiger alter Greis fragte nach dem Grund. Brand
zückte seine Dienstmarke und sagte:
"Kriminalpolizei, wir müssen wissen, was in der Park-
strasse früher war."
Der brummige Greis wurde etwas freundlicher und gab
Auskunft, dass sich im Archiv nur Exemplare befänden
ab 1672.
Der Inspektor verstand nicht und fragte:
"Wo sind die Anderen?"
"Aber Inspektor wissen sie denn nicht, dass zweidrittel
der Einwohner durch die Pest im Mittelalter verstorben
sind."
"Wenn das so ist, dann werden wir nie etwas über das
Massengrab erfahren."

Der ältere Herr gab einen wichtigen Hinweis und meinte
dann:
"Meinen sie den Ort der Verdammnis?"
"Waas?"

"Inspektor es ist nur eine Geschichte, die man sich hier
erzählt, aber es soll einen Ort der Verdammnis geben,
wo Verurteilte und natürlich die an Pest erkrankten
Toten verbrannt wurden."
"Mein Herr, sie haben uns sehr geholfen."
Manfred Schmidt war betroffen und lief gesenkten
Hauptes neben dem Inspektor her, bis Inspektor Brand
sagte:
"Herr Schmidt, sie können mit ihrem Bau fortfahren."
Mit diesen Worten verabschiedete sich der Inspektor.
Manfred befand sich in einem Gewissenskonflikt und
kämpfte mit sich selbst, ob er Herrn Wiegand darüber
berichten sollte, aber dann dachte er an den Auftrag,
der ihm viel Geld einbrachte und entschied für sich
Stillschweigen zu wahren. Willi der Polier brachte gerade
das Fahrrad zurück und fragte ganz neugierig, was es
denn Neues gäbe. Manfred beauftragte Willi:
"Nimm mein Rad und sag den Bauarbeitern, dass es
morgen wieder weiter geht, pünktlich um acht Uhr.
Als die Arbeit am anderen Tag fortgesetzt wurde, sagte
Manfred zu seinen Leuten:
"Bitte legt alles was ihr findet in einen Sack, damit
untersucht werden kann, wie alt diese menschlichen
Überreste sind.
"Je weiter gegraben wurde, umso mehr kam ans
Tageslicht, bis mit dem Bau begonnen werden konnte.

*

Robert Martens war wieder von seiner Dienstreise zurück und gönnte sich ein paar Tage Urlaub, nachdem er so guten Profit verbuchen konnte.

Mit Astrid stand er im regen Briefkontakt und das Foto von ihr trug er in seiner Brieftasche. Noch wusste Astrid nichts von seinem Reichtum und Robert wollte um seiner selbst geliebt werden. Sobald die Villa fertig gestellt war, wollte er offiziell um ihre Hand anhalten bei ihren Eltern. Astrid befand sich in der Haushaltsschule, wo junge Mädels zur perfekten Haus und Ehefrau ausgebildet wurden. Von ihren Mitschülerinnen wurde sie beneidet wegen ihrer Schönheit und von den Nonnen wurde sie wie eine Aussätzige behandelt.

Manche Träne hat sie heimlich vergossen und nur die Liebe zu Robert gaben ihr Kraft und Zuversicht durch zu halten. Astrid befand sich in der Ausbildung zur Textilpflege, als plötzlich die Türe brutal aufgerissen wurde und eine untersetzte Nonne wutschnaubend eintrat. Sie warf einen Brief zu Astrids Füßen und äußerte:

"Schon wieder ein Brief, du mannsdolles Ding. Schämen solltest du dich, pfui."

Astrid bückte sich, um den Brief aufzuheben. Die Handschrift kannte sie zu genau und ein Strahlen erhellte ihr Gesicht. Hastig las sie die Zeilen und versteckte den Brief in der Schürzentasche. Ihr Herz glühte vor Glück und es gab ihr Kraft, bis zum Ende durchzuhalten. Schwester Kunibertis war voller Zorn und schmiss die Türen. Astrid lächelte verklärt, als sie an der Nähmaschine saß und die anderen Schülerinnen waren auch eingetroffen, wo sich eine neue Schülerin vorstellte.

"Ich bin Bernadette Moliere und soll mich hier melden."
Astrid blickte auf und sah wunderschöne Rehaugen und blondes lockiges Haar.

"Ich bin Astrid Müller, willkommen in der Haushalts-schule."
Die anderen Mitschüler waren so missgünstig, dass nun eine weitere Schönheit unter ihnen war. Astrid bemerkte sofort, was gespielt wurde und nahm sich Bernadette an.
"Ich werde dir zur Seite stehen und ich weiß, dass wir enge Freundinnen werden."
Bernadette war sehr glücklich und hielt sich an Astrid.
"Wo kommst du her?"
"Ich komme aus Köln."
"Hmm, ich wohne hier gleich um die Ecke sozusagen."
"Ach du hast es gut."
"Bernadette, du bist bei meinen Eltern willkommen und ich werde dich nicht im Stich lassen."
Astrid zeigte Bernadette ihr Bett und Kleiderspind und erklärte von den Gebräuchen und der strengen Schwester Kunibertis.
Da flog die Türe zum Schlafsaal auf und Schwester Kunibertis stand leibhaftig da und fixierte alle Schülerinnen mit strengem Blick.
"Alles in Ordnung meine Damen?, dann gute Nacht."
So wie sie den Saal betrat mit viel Gepolter, so verließ sie ihn auch wieder. Bernadette war geschockt und sagte nur:
"Oh oh, jetzt weiß ich Bescheid."
"Wenn du fleißig bist und alles tust, wie die Schwester befiehlt, dann ist das Leben hier gar nicht so schlecht."

*

Das Unkraut war beseitigt und erst jetzt kam zum Vorschein, wie groß das Areal war und welch eine wunderschöne Lage.

Nun konnte für das Fundament vier Meter Erde ausgehoben werden.

Der Bau ging ohne Zeitverzögerung gut voran und Robert mietete sich vor Ort in einer kleinen Pension ein. Schließlich wollte er die Bauarbeiten kontrollieren und seine Braut sehen. Das Wetter war noch herrlich und lud zum Spaziergang ein. Robert spazierte gemütlich zur Baustelle und sah zufrieden auf sein Grundstück und wollte sich alles aus der Nähe anschauen.

Der Architekt war zufällig noch in der Nähe und sah mit Misstrauen, wer sich auf der Baustelle aufhielt.

Mit eilenden Schritten kam er näher und rief:

"Mein Herr, bitte verlassen sie sofort das Grundstück. Unbefugten ist das Betreten nicht gestattet."

Robert drehte sich herum und fragte:

"Sprechen sie mit mir?"

"Ja, bitte verlassen sie sofort das Grundstück."

Robert kam zu der Abzäunung und fragte:

"Wer sind sie? und wer gibt ihnen das Recht, mich von meinem Grund und Boden zu verjagen."

Jetzt erkannte der Architekt Robert und entschuldigte sich vielmals.

"Wie läuft es Herr Hesse?"

"Alles planmäßig Herr Martens, wie besprochen. Wenn es so weiter geht und nichts Unerwartetes dazwischen kommt, ist der Bau in zwei Jahren abgeschlossen."

"Das höre ich gerne und kann dann meine junge Braut über die Schwelle tragen."

"Da gratuliere ich ihnen heute schon und ich versichere ihnen, dass alles zu ihrer Zufriedenheit sein wird."

Robert nickte zufrieden und sagte:

"Ich verlasse mich auf ihr Wort und nun entschuldigen sie mich, ich möchte nun meine Braut sehen."

"Selbstverständlich, Herr Martens."

Robert lief zum nächsten Droschkenstand und ließ sich bis zur Haushaltsschule fahren, die ca. zwei Kilometer entfernt lag.

Vor dem Hauptportal stieg er aus und betrat das Grundstück der Mädchenschule. Bernadette bemerkte die Ankunft von Robert und machte Astrid darauf aufmerksam.

"Schau mal schnell aus dem Fenster, Astrid."

Astrid eilte zum Fenster und hüpfte vor Freude.

"Juchhu, er ist da."

Bernadette schickte Astrid zu ihm.

"Nun lauf schon, ich halte dir den Rücken frei vor der Kunibertis."

"Danke Dir."

Auf leisen Sohlen stahl sich Astrid aus dem Gebäude durch die vielen langen Gänge.

Robert sah ihr schon sehnsuchtsvoll entgegen und konnte seinen feurigen Blick nicht von ihr lassen.

"Astrid, meine liebe Astrid, du bist noch schöner geworden seit unserer letzten Begegnung."

Astrid errötete leicht vor Verlegenheit und wurde plötzlich ernst.

"Was hast du, meine Liebe?"

"Es ist nicht leicht hier und die missgünstigen Klubchen und Schwester Kunibertis machen uns das Leben schwer."

Schwester Kunibertis schaute von ihrer Kammer aus auf das Grundstück von der Schule und entdeckte Astrid mit Robert.

Ihr Gesicht errötete vor Zorn und den dicken Bauch voller Wut stürmte sie nach draußen. Sie beschleunigte ihr Schritt und stolperte mehr nach draußen.

"Mein Herr, bitte verlassen sie sofort das Grundstück! Sie haben hier nichts verloren, also gehen sie."

Sie fuchtelte wütend mit ihren Armen herum und ging wieder ins Haus.

Robert sah Kopf schüttelnd ihr nach und berührte Astrids Wange.

"Hab keine Angst, ich komme wieder, nun werde ich gehen, damit der dicke Pinguin nichts zu meckern hat."

Robert verließ das Areal und spazierte gemütlich zu seiner Pension. Als Astrid die Türe öffnete, empfing sie das Donnerwetter von Schwester Kunibertis.

"Fräulein Müller ich warne sie, sollte noch einmal Herrenbesuch kommen, dann fliegen sie von der Schule."

Astrid sah beschämt zu Boden und nickte voller Schuldbewusstsein.

Die anderen Mädels haben das Spektakel mitbekommen und kicherten hinter vorgehaltener Hand, bis Bernadette hinzukam.

"Ihr albernen gehässigen Gänse, schämt ihr euch gar nicht?"

"Da konterte Marion zurück:

"Wieso? Denkst du deine Freundin bekommt eine Extrawurst gebraten? Es schadet ihr gar nichts."

"Ihr seid ja so voller Neid, weil ihr nicht so schön seid, aber deshalb wünscht man seinen Nächsten nichts Schlechtes."

Marion drehte sich um und grinste hämisch, dass die Glubschaugen zu Schlitzen wurden. Bernadette musste einsehen, dass Worte hier fehl waren oder Perlen vor die Säue geworfen.

Astrid kam ganz aufgelöst über den langen Flur gelaufen und die Tränen liefen ihr über ihr schönes Gesicht. Bernadette lief ihr entgegen und umarmte sie tröstend. "Es wird alles nicht so heiß gegessen, wie gekocht ist. Schreib deinem Robert, dass ihr euch trefft, wenn Ausgang ist und da könnt ihr hingehen, wo ihr wollt."

Astrid ließ die tröstenden Worte auf sich wirken und konnte wieder lächeln.
„Na siehst du, nun sieht die Welt schon wieder ganz anders aus." "Bernadette, du bist mir wirklich eine wahre Freundin."
"Alles klar? Dann lass uns wieder in den Speisesaal gehen."
Bernadette lief schon voraus und wollte sich vergewissern ob sich die Wogen geglättet haben.
Als Astrid sich auch auf dem Weg machen wollte, wurde sie von hinten ergriffen und einen Leinensack über ihren Kopf gestülpt.
Der Mund wurde ihr zugehalten, dass ein Hilfeschrei unmöglich war. Sie wurde in den Keller gezerrt und in die Besenkammer gefesselt eingesperrt. Marion und ihre Komplizinnen eilten nun in den Speisesaal. Bernadette schaute laufend zur Tür und wunderte sich, dass Astrid nicht kam. Marion grinste gehässig und tischte der Schwester Kunibertis auf, dass Robert Astrid abgefangen und mitgenommen habe.
Bernadette sprang vor Entrüstung auf und schrie:
"Das stimmt nie und nimmer. Sie war mit mir zusammen auf dem Weg in den Speisesaal."
Schwester Kunibertis war natürlich nicht entgangen, dass Marion irgendetwas im Schilde führte.
"Nun Fräulein Marion, wo soll das denn genau gewesen sein?

"Sie schaute mit ihren wasserblauen Glubschaugen unschuldig daher und meinte:
"Das kann ich nicht sagen."
"Schwester, darf ich noch mal nachsehen?"
Kunibertis sah die Besorgnis von Bernadette und erlaubte es ihr nach Astrid zu suchen.
Bernadette schaute besonders da nach, wo sie sich zuletzt gesehen hatten.
Sie lief den Gang noch einmal entlang und fand plötzlich einen Ohrring.
Als sie ihn aufhob, konnte sie erkennen, dass dieser Ohrring Astrid gehörte. Da war ihr bewusst, dass da etwas nicht stimmte und rannte zurück in den Speisesaal. Kunibertis sah erwartungsvoll zu Bernadette und fragte:
"Haben sie Astrid gefunden?"
"Schwester Kunibertis,
Astrid habe ich nicht gefunden, aber das hier."
Da legte Bernadette Astrids Ohrring auf den Tisch."
Was hat das zu bedeuten?"
"Schwester, irgend, Jemand hat Astrid verschleppt, aber niemand von außerhalb sondern aus diesem Saal."
Bernadette schaute Marion unentwegt an und sprach sie direkt an.
"Wo habt ihr Astrid hingebracht?"
Kunibertis beobachtete das Szenario genau und bemerkte, dass Marion nervös wurde, obwohl sie alles bestritt.
Schwester Kunibertis betrachtete den glitzernden Ohrring von allen Seiten und drehte ihn mit ihren fleischigen Händen.
Dann schlug sie mit der Faust auf dem Tisch und alle zuckten zusammen.
„Meine Damen, dieser Ohrring hier zeigt, dass er im Kampf verloren ging, denn der Bügel ist kaputt."

Marion, wo ist Astrid? Wenn sie mir nicht augenblicklich sagen, wo sie Astrid hingebracht haben, lernen sie mich kennen."

Marion blieb stur und blieb bei ihrer Lüge.

"Na schön, sie bleiben hier stehen, bis die Anderen fertig sind und verlassen diesen Saal nicht, bevor sie gestanden haben.

Unter Anspannung nahmen die Schülerinnen schweigend ihr Mahl ein. Als sie damit fertig waren, beauftragte Kunibertis Sylvia den Tisch abzuräumen.

"Meine Damen, bitte begeben sie sich in den Schlafsaal. Gute Nacht."

Langsam stand sie auf und hatte etwas in ihren Händen, die sie hinter ihrem Rücken verbarg.

"Also zum letzten Mal, wo ist Astrid?"

Marion blieb weiterhin stumm. Schwester Kunibertis Geduld war am Ende und sie holte mit dem Siebenstriemer aus und schlug Marion, die erschrocken aufschrie unter den Schlägen.

"Ich habe Sie gewarnt und nun ein letztes Mal wo ist……?"

"Bitte nicht mehr schlagen, Schwester. Astrid ist in der Besenkammer eingeschlossen."

Die schwergewichtige Nonne schnappte sich Marion schubste sie in die Vorratskammer und drehte den Schlüssel herum. Danach eilte sie in den Schlafsaal und rief Bernadette nach draußen.

"Bernadette, bitte kommen sie schnell mit in den Keller. Astrid soll in der Besenkammer sein."

Bernadette lief voraus und rief:

"Astrid! Kannst du mich hören?"

„Der Schlüssel ist nicht da, Schwester."

"Dann müssen wir die Tür aufhebeln."

Schwester Kunibertis fand einen Gegenstand, den sie zum Aufhebeln einsetzen konnte.

Astrid machte sich durch klopfen bemerkbar.
"Keine Angst mein Kind, gleich sind sie frei."
Die Schwester setzte den Hebel richtig an und die Türe
flog aus ihren Angeln.
"Um Himmels Willen," schrie Bernadette. Sie stürmte in
die Besenkammer und befreite ihre Freundin von den
Fesseln.
Astrid war überrascht, wie mütterlich die Schwester sein
konnte.

Bis auf ein paar Abschürfungen und blaue Flecke hatte
Astrid keine schlimmeren Verletzungen.
"Bernadette bitte kümmern sie sich um ihre Freundin
und ich kümmere mich um meine."
Die Schwester öffnete die Vorratskammer und zog
Marion an den Haaren heraus.
"So, jetzt reden wir deutsch. Sie haben das nicht alleine
getan.
Wer hängt da mit drin?"
"Die Monika und die Brigitte."
"Danke. Morgen verlassen sie mit ihren Komplizinnen
die Schule.
Ihre Eltern und das Kulturministerium wird von diesem
Vorfall unterrichtet. Gehen sie packen."
Marion stand wie ein begossener Pudel da und hatte ein
schlechtes Gewissen ihren Freundinnen gegenüber.
Mit gesenktem Haupt schlich sie sich in den Schlafsaal,
wo Monika und Brigitte auf sie warteten.
"Hast du uns etwa verraten?"
"Ich musste und nun ist für uns die Schule passe`.
Morgen müssen wir das Haus verlassen. Dieser Streich
geht bis zum Kultusminister."
"Verdammt, hätten wir uns bloß da raus gehalten.

Jetzt können wir für dich mitbluten, bloß weil du so neidisch bist."

"Lasst mich in Ruhe, ich bin müde!" Plötzlich flog die Tür zum Schlafsaal auf und Schwester Kunibertis stand im Türrahmen.

"Monika, Brigitte und Marion werden morgen früh die Schule verlassen. Es ist ihre letzte Nacht hier und es soll auch den Anderen zeigen, dass solch ein Verhalten nicht geduldet wird. Ich hoffe, wir haben uns verstanden, meine Damen. Gute Nacht."

Damit flog die Tür ins Schloss. Marion und Brigitte legten sich zu Bett und schliefen sehr schlecht, weil der Rausschmiss für sie fatale Folgen hatte.

*

Robert machte noch einen Spaziergang durch den goldenen Herbsttag und erfreute sich des bunten Schauspiels der Natur. Der Wind blies das Laub von den Bäumen und es rieselten die verwelkten gelben Blätter auf Robert hernieder.

Er war glücklich und wollte seinen zukünftigen Schwiegereltern einen Besuch abstatten, die in einer Seitenstrasse in einem alten Fachwerkhaus wohnten. Die Häuser waren überwiegend Fachwerk und der Kurort hatte ein gewisses Flair.

Dann stand er vor dem Haus der Müllers und klopfte mit dem Messingring an die Tür. Es dauerte nicht lange und Edwina öffnete.

"Herr Martens, das ist ja eine Freude, bitte treten sie doch ein."

Robert zog seinen Zylinder und betrat das gemütliche
Heim und sah sich bewundernd um."
Sie haben es sehr schön hier, Frau Müller, sehr
geschmackvoll."
"Danke, Herr Martens, bitte gehen sie schon einmal ins
Wohnzimmer zu Alfred und ich koche indessen Kaffee."
Alfred blickte hinter seiner Zeitung auf, als er den
Besuch wahrnahm.
"Herr Martens, bitte nehmen sie Platz. Es ist gut, dass
sie da sind, denn ich habe etwas mit Ihnen zu
besprechen."
Robert schaute erstaunt und wusste nicht, was Alfred so
wichtiges mit zu besprechen hatte.
"Herr Martens, sie sind wegen Astrid da, das ist mir klar.
Wie soll denn die Zukunft aussehen? Können sie meine
Tochter ernähren bzw. versorgen?"
Robert musste herzhaft lachen und Alfred verstand nicht
warum. Als Robert sich wieder unter Kontrolle hatte,
machte er aus seiner Sicht klar, wie er sich die Zukunft
mit Astrid vorstellte.
Da kam Edwina mit dem Tablett herein und unterbrach
das Gespräch.
"So meine Herren, jetzt wird erst einmal Kaffee
getrunken."
Während sie den Tisch deckte, sagte Alfred:
"Mutti, setz dich mal hin. Herr Martens hat gute
Neuigkeiten.
"Als Edwina Platz genommen hatte, wiederholte Robert
seine Heiratspläne bis ins Detail.
Edwina war vor Freude außer sich und sagte
überschwänglich:
"Herr Martens, sie sind uns als künftiger Schwiegersohn
sehr willkommen. Wir könnten uns keinen besseren
Mann für unsere einzige Tochter denken.

Alfred lief zu Schrank und holte eine Flasche Weinbrand und stellte sie auf den Tisch.

"Herr Martens, nun ist es an der Zeit, dass wir miteinander anstoßen."

"Dagegen habe ich nichts einzuwenden."

"Herr Martens, wie lange sind sie noch hier?"

"Nur noch bis nächste Woche und dann muss ich wieder nach den kalten Norden."

"Diesen Sonntag hat Astrid Ausgang und darf für ein paar Stunden nach Hause. Sie Beide sollten sich sehen und ausgehen."

Robert strahlte und konnte es kaum erwarten, endlich Astrid wieder zusehen.

Nachdem er seinen Brandy ausgetrunken hatte, musste er feststellen, dass es an der Zeit war, in seine Pension zurück zu kehren.

"Herr Müller, ich darf mich empfehlen und ich hole Astrid am Sonntag gegen vierzehn Uhr ab."

Robert verneigte sich und verließ das Haus.

Die Luft war frisch und Robert klappte den Mantelkragen hoch und marschierte glücklich nach Hause.

Der Sonntag war gekommen und Robert hatte seinen Koffer schon gepackt, weil er noch am Abend den Zug nach Hamburg nehmen musste. Etwas Wehmut war in seinem Herzen, da ihm bewusst war, dass er Astrid erst zu Weihnachten wieder sehen konnte und bis dahin waren es noch acht Wochen.

Robert war ganz aufgeregt und schaute ständig auf seine Taschenuhr, wo die Zeit einfach nicht weiter ging.

Ein kritischer Blick in den Spiegel und Robert war mit seinem Spiegelbild zufrieden.

Damit die Zeit schneller verging, spazierte er noch einmal zur Baustelle und schaute nach seiner Villa.

Eine alte Frau wollte ein wenig nach Luft schnappen und kam mit schleppenden Schritten daher, gestützt auf einen Krückstock.
Sie schaute verwundert auf und fragte Robert, weshalb er dort verharren würde.
"Mein vornehmer Herr, was tun sie hier an diesem verwunschenen Ort?"
Robert schaute verdutzt auf das kleine Mütterchen und fragte:"
Wie bitte?"
"Wissen sie denn nicht, was sich hier früher zugetragen hat?"
"Nein, gnädige Frau."
"Der arme Bauherr tut mir jetzt schon Leid. Hier darf nicht gebaut werden, weil es ein Ort der Verdammnis ist."
Die alte Dame redete sich so in Rage und fuchtelte mit ihrem Krückstock herum. Robert konnte diese Geschichte nicht glauben und zweifelte an ihrer Zurechnungsfähigkeit.
"Bitte gehen sie und verlassen sie diesen Ort mein Herr."
Danach schleppte sich die Dame hinfort und verschwand in einer Seitenstrasse.
Robert schaute erneut auf seine Taschenuhr, deren Deckel aufsprang und eine wunderschöne Melodie ertönte. Es war nur noch eine halbe Stunde und Robert machte sich auf dem Weg zu den Müllers.
Astrid war schon ganz aufgeregt und schaute jede Minute aus dem Fenster. Edwina beobachtete das mit einem Lächeln und sagte tröstend zu ihrer Tochter:
"Dein Robert kommt schon, keine Sorge."
Plötzlich waren Hufschläge von Pferden zu hören, die vor dem Haus verhallten.

Als Astrid dieses Mal aus dem Fenster sah, winkte ihr Robert schon von der Kutsche aus zu.

"Mam, da ist er."

"Geh mein Kind und komme nicht zu spät nach Hause."

"Nein, nein Mam, ich bin gegen achtzehn Uhr wieder zu Hause."

Astrid streifte sich ihren Mantel über und legte einen Schal um.

Mit hastigen Schritten lief sie Robert entgegen, der sie schon sehnsüchtig erwartete. Die Blicke trafen sich tief und Robert ergriff ihre kleine Hand, half ihr galant beim besteigen der Kutsche.

Dann schloss er die Tür, lächelte und verkündete:

"Jetzt machen wir eine schöne Rundfahrt und anschließend gehen wir ins Cafe."

"Das hört sich gut an, Robert. Schade, dass es unser einziger Tag ist, der uns bleibt."

"Liebes, nicht traurig sein. Es ergeht mir auch so, aber da müssen wir durch und ehe wir uns versehen, führe ich dich vor dem Traualtar. Bitte vergiss das nicht, wenn die Traurigkeit sich meldet."

Robert legte seinen Arm um Astrids Schulter und beide verharrten Wange an Wange. Die Herzen klopften stark und Robert hätte seine Astrid am liebsten geküsst, aber das durfte noch nicht sein. Nach einer dreiviertel Stunde hielt die Kutsche vor einem alten krummen Fachwerkhaus.

"Mein Herr, wir sind da."

Robert beglich die Rechnung und bat den Kutscher in einer Stunde wieder abzuholen. Dann nahm er Astrid bei der Hand und führte sie ins Cafe. Sie suchten sich ein stilles Plätzchen um ungestört zu sein.

Die Bedienung war schwarz gekleidet und hatte eine weiße Schürze mit Latz und Träger über Kreuz an.

Mit einem kleinen Schreibblöckchen trat sie an den Tisch.

"Die Herrschaften haben schon gewählt?"

"Ja, bitte bringen sie uns zweimal Sachertorte und zwei Kännchen Kaffee."

"Danke, kommt sofort gnädiger Herr."

Die Bedienung gab die Bestellung weiter und kassierte am Nebentisch.

Viel zu schnell verging die Zeit der Zweisamkeit und es schon brach die Dämmerung herein. Robert winkte der Bedienung und ließ sich mit der Rechnung eine Kutsche bestellen.

Als Robert das Cafe mit Astrid verließ, war es schon stockdunkel.

Galant öffnete er die Tür von der Kutsche und half Astrid beim einsteigen. Die Hufschläge von den Pferden hallten durch die leeren Strassen, bis die Kutsche vor dem Haus der Müllers hielt.

"Meine liebe Astrid, jetzt heißt es Abschied nehmen für ziemlich lange Zeit, aber ich schreibe dir in der Zeit ganz viele Briefe."

Astrid stieg schnell aus und lief hastig ins Haus. Sie wollte nicht, dass Robert ihre Tränen in den Augen sehen sollte.

Edwina war erstaunt über Astrids Verhalten und fragte gleich:

„Was hast du denn mein Kind? Ich sehe schon und weiß Bescheid. Keine Sorge, dein Robert vergisst Dich nicht und ehe du dich versiehst, kommt er wieder vorgefahren."

Edwina strich ihrer Tochter übers Haar und konnte sie so etwas trösten.

Das Jahr 1869 neigte sich dem Ende zu und die Villa stand kurz vor der Fertigstellung.

Ein Brief von der Baufirma flatterte ins Haus von Frau Stade, welchen sie gleich Robert aushändigte.
Robert öffnete hastig und las den Inhalt mit einem besorgten Blick.
"Schlechte Nachricht?"
"Und ob, ich bin fassungslos. Ein Bauarbeiter ist auf sehr mysteriöse Weise ums Leben gekommen. Auf meinem Grund und Boden! Man fand ihn total unkenntlich zugerichtet."
"Es war bestimmt nur ein Unfall, Robert. Das muss jetzt nichts heißen und man hat dich nur in Kenntnis gesetzt."
"Tja, Tante Therese, du hast wohl Recht.
Trotzdem muss ich unbedingt abreisen und vor Ort mit dem Herrn Furch sprechen, was da vorgefallen ist. Das lässt mir einfach keine Ruhe." "Soll ich schnell für dich packen?"
"Nein, das ist zwar lieb gemeint von dir, aber nicht notwendig."
"Gut, mein Junge ich gehe dann nach Hause."
Robert nahm nur Handgepäck für zwei Übernachtungen mit und fuhr mit dem nächsten Zug an den Rhein.
Kurz vor der Abfahrt holte er sich noch eine Zeitung am Kiosk, bevor der Zug einfuhr. Zischend und dampfend fuhr die Lokomotive im Bahnhof ein und alle Fahrgäste traten automatisch einen Meter zurück.
Die Fahrt würde fast vier Stunden dauern. Draußen pfiff der Schaffner auf seiner Trillerpfeife und schon setzte sich der Zug zischend in Bewegung.
Der Schaffner kontrollierte die Fahrkarten und lief durch alle Waggons.
Nachdem Roberts Bahnticket abgestempelt war, schlug er die Zeitung auf und sein Blick fiel sogleich auf den Fettgedruckten Artikel, wo von einem schrecklichen Unfall geschrieben stand.

Voller Anspannung las er den Unfallartikel, der sich wie eine Gruselgeschichte las. Gegenüber saß ein älterer Herr, der Robert aufmerksam beobachtete.
"Ja, ja die schrecklichen Unfälle, die eigentlich keine Unfälle im eigentlichen Sinne sind."
Robert blickte von seiner Zeitung auf und fragte:
"Mein Herr, wie war das gemeint?"

Der ältere Herr räusperte sich und antwortete:
"Junger Mann, ich habe den Artikel auch gelesen. Ich sage ihnen ganz offen, dieser Ort ist verdammt. Eigentlich dürfte Niemand dieses Grundstück betreten. Glauben sie mir vornehmer Herr, da wird noch mehr passieren."
Robert winkte ab und antwortete:
"Das sind doch alte Ammenmärchen."
"So, glauben sie?.. warten sie ab und sie werden mir glauben."
Der Zug hielt und weitere Fahrgäste stiegen ins Abteil ein.
Der ältere Herr schwieg und las weiter in seiner Zeitung.
Robert hatte ausgelesen, legte die Zeitung zur Seite und lehnte sich zurück um einwenig auszuruhen.
Plötzlich wurde die Station über den Lautsprecher ausgerufen und Robert aus seinem Schlaf gerissen.
Er schaute ganz verwundert auf seine Uhr und musste feststellen, dass er fast eineinhalb Stunden geschlafen hatte. Mit einem Satz stand er auf und begab sich zum Ausstieg.
Auf dem Bahnhofvorplatz standen Kutschen bereit und Robert stieg in die Erste.
"Wo darf ich den gnädigen Herrn bringen?"
"Bitte bringen sie mich zur Schulstrasse."
In knapp zehn Minuten hielt die Kutsche vor Herrn Furch's Haus.

Robert stieg aus, bezahlte und klingelte an der Tür.
Eine Dame mittleren Alters öffnete und fragte:
"Sie wünschen? mein Herr."
"Mein Name ist Robert Martens und Herr Furch erwartet mich."
"Herr Martens so treten sie doch näher, mein Mann erwartet sie schon. Bitte nehmen sie noch einen Augenblick Platz, er hat noch einen Klienten."
Robert schaute sich interessiert um und schaute sich die vielen Bilder von den Objekten an, die Herr Furch mit seinen Bauarbeiten fertig gestellt hatte.
Während Robert mit dem Betrachten der Bilder beschäftigt war, holte ihn Frau Furch in die Wirklichkeit zurück.
"Herr Martens, mein Mann empfängt sie jetzt, bitte folgen sie mir."
"Danke."
Das Herrenzimmer stand einen Spalt offen und Herr Furch bat Robert einzutreten.
"Herr Martens bitte nehmen sie Platz. Wie sie aus dem Schreiben entnehmen konnten, wollen meine Leute dieses bzw. ihr Grundstück nicht mehr betreten, nachdem was dort geschehen ist."
Robert unterbrach Herr Furch und wurde sehr wütend.
"Moment mal, was soll das heißen? Bloß weil ein Mitarbeiter einen Unfall hatte, wollen die Anderen nicht weiterarbeiten? Das geht so nicht, schließlich haben wir einen Vertrag und den müssen sie einhalten, sonst mache ich sie Regresspflichtig."
Herr Furch kratzte sich vor Ratlosigkeit an den Kopf und blickte hilflos auf.
"Herr Martens, ich kann sie verstehen, aber bitte verstehen sie auch mich."
"Herr Furch, so Leid es mir tut, ich bestehe darauf, dass weiter gearbeitet wird. Wie sie es machen, das ist ihre

Sache. Meinetwegen stellen sie weitere Arbeiter ein und ich erwarte wie verabredet die Fertigstellung im Frühjahr 1870."
Robert erhob sich und verließ mit hastigen Schritten das Haus. Zurück blieb ein verzweifelter Mann, der nicht wusste, wie er den Bau fertig stellen sollte.

Viel Zeit war nicht mehr und das Frühjahr würde schnell da sein. Herr Furch stellte ein paar Tagelöhner ein und es schien, als würde es gut voran gehen. Inzwischen war es Dezember und der Schnee setzte früh ein. Der Winter würde sehr frostig werden und einen Weiterbau nicht möglich machen.
Herr Furch ließ Robert schriftlich zukommen, dass sein Auftrag erfüllt sei und fügte gleich die Rechnung hinzu.
Als Robert den Brief las, lächelte er siegessicher und meinte zu sich selbst:
"Na also, geht doch."
Eilends lief er zum Postamt, um den Schreiner Rechmann den Auftrag zu erteilen.
Vergnügt lief der durch den Schnee, der unter seinen Stiefeln knirschte. Dicke Flocken fielen auf sein schönes Haar und glitzerten wie Kristalle, dass die Damenwelt sich heimlich nach ihn umsah.
Robert hatte schnell seine Wohnung erreicht und schloss die Türe auf, klopfte sich den Schnee von den Sachen. Frau Stade kam gerade aus ihrem Wohnzimmer und fragte gleich,
"Mein Junge so fröhlich?"
"Ja, Tante Therese, bald ist es soweit. Im Frühjahr ziehen wir endlich an den Rhein."
"Das freut mich für dich, mein Junge. Nun muss ich aber in die Küche, denn mein Besuch wird bald eintreffen."
"Alles klar Tante Therese, viel Spaß."

Weihnachten stand bald vor der Tür und Robert war bei den Müllers über die Feiertage eingeladen.

Am ersten Weihnachtsfeiertag soll die Verlobung sein und es war bis dahin noch so vieles zu erledigen, Verlobungsringe, Geschenke etc.

Die Strassen waren weihnachtlich geschmückt und der Schnee präsentierte einen ganz besonderen Zauber.

In der Haushaltsschule wurde auch gebacken und genäht. Nur noch elf Tage vor den Ferien.

Astrid war so voller Vorfreude, dass sie Schwester Kunibertis eine Freude bereiten wollte. Bernadette kam gerade hinzu, als Astrid sie mit dieser Idee bekannt machte.

"Was sollen wir der Schwester denn schenken? Die dürfen doch nichts annehmen."

"Oh doch, wenn es etwas ist, was sie entweder anziehen oder essen kann."

"Du hast Recht und hast du schon einen Plan?"

"Bernadette, du nähst ihr ein schönes Tischset und ich backe für sie Weihnachtsplätzchen."

Gleich machten sich die Freundinnen an die Arbeit und gaben allen Einsatz, damit alles rechtzeitig fertig werden sollte.

Robert suchte einen Juwelier auf, um die Verlobungs-ringe auszusuchen.

"Mein Herr, was darf es sein?"

"Ich hätte gerne Verlobungsringe mit einem ganz besonderen Schliff. Was können sie mir da empfehlen?"

Der Juwelier holte eine flache Schachtel hervor und zeigte die besten Auslagen.

Robert sah sich die Ringe sehr genau an und fand, wonach er suchte.

"Bis wann sind die Ringe fertig mit der gewünschten Gravur?"

"Anfang nächste Woche können sie sie abholen.

Mein Herr, welche Namen sollen eingraviert werden?"
"Astrid und Robert."
"Sehr schöne Namen, gnädiger Herr."
"Dann also bis nächste Woche."
Robert besorgte noch weitere Geschenke, auch für
Tante Therese. Als er mit seinen Einkäufen fertig war,
trank er noch einen Glühwein, da es sehr kalt war.
Mit mehreren Einkaufstüten eilte er nach Hause, wo
Tante Therese ihn empfing.
"Robert, es ist ein Telegramm eingegangen aus dem
Ausland."
"Was ? Wer schickt mir denn ein Telegramm?"
Robert öffnete und sein Gesicht wurde sehr ernst.
"Schlechte Nachricht?"
"In der Tat, mein verschollener Bruder ist auf dem Weg
nach Deutschland und will sein Erbteil haben."
"Dein Bruder? Ich wusste gar nicht, dass du noch einen
Bruder hast."
"Tante Resi, er ist das schwarze Schaf in der Familie.
Als er damals verschwand, haben sich unsere Eltern so
grämt, dass sie die Ungewissheit mit ins Grab
nahmen. Für mich war Jens gestorben und aus diesem
Grund habe ich nie über ihn gesprochen."
"Hoffentlich erbt er nicht soviel."
"Keine Sorge, im Testament stehe ICH als Universalerbe
und es ist festgelegt worden, im Falle seines
Auftauchens, bekommt er nur seinen Pflichtteil."
"Dann ist es ja gut, mein Junge. Ich ziehe mich zurück,
damit du dich   einstellen kannst auf die Dinge, die da
kommen."
Nachdem Tante Resi gegangen war, las Robert das
Telegramm noch einmal worin stand:
"Ankomme 10. Januar 1870 stopp, treffe um
vierdreiviertel Uhr im Bahnhof ein."

Gleich am nächsten Tag wollte Robert einen Notar aufsuchen, der diese Angelegenheit regeln sollte. Am anderen Morgen stand Robert sehr zeitig auf, um seinen Notar aufzusuchen. Hastig trank er einen heißen Kaffee und verließ danach gleich die Wohnung.
Der Notar war zehn Fußminuten entfernt; ganz in der Nähe. Herr Sanders kam gerade zur Tür heraus und schaute erstaunt zu Robert.
"Wollten sie zu mir?"
"Ja bitte, es ist dringend."
"Eigentlich wollte ich gerade zu Gericht, aber wenn es nicht sehr lange dauert, dann kommen sie bitte mit in meine Kanzlei."
"Herr Sanders, ich komme gleich zum Punkt. Mein verschollener Bruder ist wieder aufgetaucht und will jetzt sein Erbteil ausbezahlt haben."
Herr Sanders überlegte angestrengt, schaute Robert eindringlich an und da fiel es ihm wieder ein.
"Es stimmt… aber Sie sind doch der Universalerbe. Ihr Bruder kann dagegen nichts machen, da kann ich sie beruhigen. Wenn das alles ist, so werde ich mich morgen der Sache annehmen. Bitte entschuldigen sie mich nun, ich muss wirklich jetzt zu Gericht."
"Selbstverständlich, Herr Sanders, und vielen Dank."

*

Bernadette hatte ein sehr schönes Tischset genäht und in buntem Weihnachtspapier eingepackt.
Astrid hatte Lebkuchenplätzchen mit Schokolade überzogen und mit verschiedenen Streuseln dekoriert.
Der letzte Tag vor den Ferien war gekommen und

Schwester Kunibertis wollte mit ihren Schülerinnen den Tag feierlich gestalten.

Im Speisesaal sah es sehr festlich aus, ein großer Adventskranz, der an der Decke hing und viele Tannenzweige, die herrlich duften. Schwester Kunibertis bat ihre Mädels in den Saal. Die jungen Damen traten voller Ehrfurcht ein und schauten sich erstaunt um.

"Meine Damen, bitte setzt euch. Ich habe mir gedacht, dass ich euch am letzten Tag dieses Schuljahres eine Freude bereiten möchte. Ihr ward sehr fleißig und willig und ich denke dass ich euch zu Ostern mit einem guten Gewissen entlassen kann. Nun wollen wir ein paar Lieder singen, bis es draußen hell wird."

Die Schwester stimmte laut an und dirigierte ihre Mädels mit dem Lineal.

Als es draußen endlich hell war, wurden die Kerzen gelöscht und Schwester Kunibertis stellte noch ein paar Fragen, wie sich die jungen Mädchen ihre Zukunft vorstellen. Bernadette bat um das Wort:

"Liebe Schwester Kunibertis, dank ihrer Strenge und ihrem Unterricht werden wir die perfekten Hausfrauen werden."

Die Schwester nickte zustimmend und schien darüber sehr glücklich zu sein.

"Eine gute Antwort. Denken die anderen Damen auch so?"

Der Blick ging durch die Runde. Barbara meldete sich zu Wort:

"Wir haben diese Schule besucht um die perfekte Ehefrau und später auch Mutter zu werden. Hätten wir diese Schulung nicht genossen, dann sähe es für uns sehr schlecht aus."

Schwester Kunibertis war sichtlich zufrieden mit ihren Mädels und sah nun den Augenblick gekommen,

jede ihrer Schülerinnen mit einer bunten Weihnachtstüte zu beschenken. Astrid und Bernadette schlichen sich unbemerkt aus dem Saal, um das Geschenk für die Schwester zu holen. Als sie wieder unbemerkt zurückkehren wollten, bemerkte es die Schwester.
"Wo kommt ihr denn her? Ihr ward doch eben noch hier?"
Astrid antwortete gleich:
"Liebe Schwester Kunibertis, auch wir möchten ihnen eine Freude machen."
Die zwei Freundinnen traten vor und überreichten Schwester Kunibertis ihr Geschenk.
"Oh für mich? Das ist aber lieb von euch."
Die Schwester war ganz gerührt und bedankte sich bei Astrid und Bernadette. Dann wandte sie sich wieder den Anderen zu und wünschte allen ein fröhliches Weihnachtsfest.

Robert hatte die Koffer gepackt und sein Zimmer vorbestellt. Nichts konnte das bevorstehende Weihnachtsfest mehr trüben. Es war der 23. Dezember und Robert war voller Vorfreude. Er wollte den Zug um 16:54 nehmen und sich noch von Tante Therese verabschieden.

*

Die Müllers hatten für Weihnachte festlich geschmückt und freuten sich auf die Feiertage und die Verlobung ihrer einzigen Tochter.
Astrid war ganz aufgeregt und hatte hochrote Wangen, wenn sie an Robert dachte. Endlich war Heilig Abend

und Robert war gegen fünf Uhr eingeladen bei den Müllers. Astrid lief öfter zum Fenster, sobald sie die Hufschläge von Pferden hörte. Edwina beobachtete ihre Tochter mit einem verständnisvollen Lächeln.

"Es ist noch keine fünf Uhr, mein Kind und wenn du immer zum Fenster läufst, vergeht die Zeit auch nicht schneller."

Astrid drehte sich herum zu ihrer Mutter und hatte einen sehnsuchtsvollen Blick in ihren schönen veilchenblauen Augen.

"Du hast Recht Mama, es ist nur schon so lange her, als wir uns das letzte Mal gesehen haben."

"Ach Kindchen, es waren doch nur drei Wochen!"

"Weißt du, wie lange drei Wochen sein können, wenn man liebt?"

"Ich weiß und ich verstehe dich. In vier Monaten bist du eine glückliche Braut und daran solltest du denken, wenn dich die Sehnsucht gefangen nimmt."

Plötzlich waren wieder Pferde zu hören und Edwina schaute auf die Uhr

"Siehst du, jetzt ist Robert vorgefahren."

Astrid stürmte die Treppen hinunter, öffnete die Haustür und lief Robert entgegen, der gerade aus der Kutsche stieg.

"Astrid, wie schön du aussiehst."

Gemeinsam gingen sie ins Haus und es duftete schon nach Punsch, den Alfred gemacht hatte.

"Willkommen Robert," begrüßte Alfred seinen zukünftigen Schwiegersohn. Da kam auch Edwina aus der Küche und schickte alle in die gute Stube.

Robert legte seinen Mantel ab und folgte Edwinas Wunsch. Alfred hatte die Gläser gefüllt und reichte sie auf einem kleinen silbernen Tablett herum.

Dann sprach Alfred einen Toast aus:
"Ein fröhliches und glücklichtes Weihnachtsfest."
Als die Gläser geleert waren, ging man zur Bescherung über.
"Es ist das schönste Weihnachtsfest, was ich je erlebt habe."
Robert war sehr ergriffen über soviel Herzenswärme in einer Familie.
Als Höhepunkt des Abends holte er eine kleine Schatulle aus seiner Rocktasche und bat feierlich um die Hand von Astrid, wobei er auf die Knie ging. Edwina wischte sich ein paar Tränen weg vor Rührung.
Alfred legte seine Hände auf Robert und Astrids Schultern und sagte dann:
"Mach meine Tochter glücklich…Robert, Dir will ich sie gerne anvertrauen."
Robert steckte Astrid feierlich den Ring an und umgekehrt.
Sie schaute voller Stolz auf den schönen Ring, der einen so schönen Schliff hatte.
"Der Ring ist wunderschön Kind."
Astrid glühte vor Glück und der Abend verlief für alle glücklich.
Bis zum Jahreswechsel war Robert jeden Tag bei den Müllers und schaute zwischenzeitlich nach seiner Villa, die vor der Vollendung stand.
Alles war nach Roberts Wunsch angefertigt und seine Freude unbeschreiblich groß. Er ging zum Postamt und telegrafierte seiner Tante Therese.
Auf dem Weg zu seinen künftigen Schwiegereltern kaufte er noch Champagner für den Silvesterabend ein.
Der Jahreswechsel fand im gesitteten Rahmen statt und Robert verdrängte die Erbschaftsahngelegenheit mit seinem Bruder.

Alfred hatte eine Ananasbowle angesetzt und Edwina war für die kalte Platte zuständig.

Viele Dinge wurden besprochen, auch für die Hochzeit wurden Pläne geschmiedet. Die Zeit verging wie im Flug und Alfred erinnerte daran, die Champagnergläser zu füllen, da es schon wenige Minuten vor Mitternacht waren. Diese Arbeit erledigte Robert und als das letzte Glas gefüllt war, wurden schon die ersten Raketen abgeschossen und dann ertönten die Kirchenglocken.

"Ein glückliches neues Jahr,"

ertönte es gleichzeitig und der Klang der Gläser ertönte. Alfred schnappte sich Edwina und Robert seine Astrid und sie küssten sich.

Nach einer Stunde verabschiedete sich Robert und lief durch die kalte Luft zu Fuß in seiner Pension.

Im neuen Jahr blieben nur noch wenige Stunden, bis Robert sich wieder für längere Zeit verabschieden musste. Mehrere Dienstreisen standen auf dem Programm und der Termin beim Notar stand in Kürze bevor.

Am Mittagstisch war Robert sehr schweigsam und ernst.

"Warum heute so ernst, mein lieber Freund?"

Alfred wollte den Grund erfahren. Robert zögerte bevor er antwortete.

Dann sah er Alfred entschlossen an und erzählte von dem verlorenen Bruder, der nur sein Erbe holen will.

"Mein Junge, du kriegst das schon geregelt und nun wollen wir keine Trauerklösse sein, nachdem das neue Jahr so schön begonnen hat und darauf erhebe ich mein Glas."

Alfred schaute in die Runde und jeder hob sein Glas.

"Na also, da sind wir uns ja einig."

Robert musste schmunzeln und erwiderte

"Du hast ja so Recht. Ich mache mir wirklich zu viele Gedanken, was gar nicht nötig ist."

Nach dem Mittagtisch spazierten die Liebenden durch den Ort, der durch die Schneedecke noch romantischer wirkte. Astrid wollte mit Robert vor seiner Abreise noch kurze Zeit alleine verbringen.

Warm eingepackt marschierten sie Arm in Arm durch die schmalen Gassen. Es waren kaum Menschen unterwegs und es kam ihnen so vor, als wenn die Liebenden ganz alleine auf der Welt wären.

"Woran denkst du meine Liebe?"

Astrid schmiegte sich an die starke Schulter neben ihr und sagte:

"Ich wünschte, wir könnten so wie jetzt immer weiter spazieren gehen."

Sie seufzte schwer, da sie an den Abschied dachte. Robert entschied spontan mit Astrid in seine Villa zu gehen.

"Komm mit, ich weiß wo wir für ein paar Minuten ganz ungestört sein können. Außerdem will ich noch einmal nach dem Rechten sehen."

Astrid schaute etwas erschrocken und meinte etwas unsicher :

"Wir beide ganz alleine ?"

"Hast du Angst meine Liebe?"

Astrid schüttelte heftig ihren Kopf.

"Na also, um das Gerede der Leute brauchst du Dir keinen Kopf machen. So eingemummt erkennt uns ohnehin keiner."

Robert wählte den anderen Weg, der zur Villa führte, wo wenig Passanten einhergingen. Beide beschleunigten ihre Schritte, um endlich alleine zu sein.

Ein paar Kinder tollten auf der angrenzenden Wiese und bauten Schneemänner. Robert holte den Schlüssel aus seiner Manteltasche und schloss die Hintertür auf. Er lächelte spitzbübig und seine Augen glühten vor Leidenschaft.

Sanft zog er Astrid ins Haus und verriegelte die Tür.
Astrid klopfte sich den Schnee vom Mantel und zog die Mütze aus.

Das Haar fiel weich auf ihren Schultern und Robert zog seine Astrid ganz nahe an sich.

Die Herzen klopften wild und Robert öffnete die Knöpfe von Astrids Mantel. In der Villa war es warm und heimelig. Robert küsste Astrid zärtlich und wurde immer leidenschaftlicher.

Seine Hände streichelten sie überall und Astrid atmete schwer.

Beide waren so vertieft in ihrem Verlangen, das es kein Halten mehr gab und sie gaben sich in voller Leidenschaft hin.

Astrid spürte keinen Schmerz, als ihr Jungfernhäutchen durchstoßen wurde, weil Robert sehr, sehr zärtlich war. Sie erlebte die Höhenflüge aller Leidenschaft und Erfüllung. Robert streichelte sie nach dem Liebesspiel noch zärtlich und löste weitere Erfüllungen aus.

Draußen war es mittlerweile stockdunkel und die Kirchenglocken läuteten durch die kalte Winterluft.

Astrid konnte sich kaum aus ihrem Zauber lösen, aber Robert musste unbedingt den Zug um 18:03 bekommen. Schnell zogen beide ihre Kleidung wieder an und verließen zügig die Villa.

Eng umschlungen liefen sie in Richtung Astrids zu Hause.

"Was haben wir nur getan? Das sollte doch erst in der Hochzeitsnacht geschehen! Aber es war himmlisch."

"Darling, du warst wunderbar und warum sollten wir noch soo lange warten? Bitte erzähle keinem etwas, sonst werden wir geächtet."

Als sie vor dem Haus der Müllers standen, liefen ein paar Tränen über Astrids Gesicht.

"Nicht traurig sein, meine Liebe. Ich werde die nächsten Monate bis zu unserer Hochzeit von diesem wunderbaren Augenblick zehren. Wie ist es bei Dir?"

"Oh Robert, ich werde auch immer an diesen Augenblick denken."

Robert sah auf seine Taschenuhr und musste erschrocken feststellen, dass er sofort zum Bahnhof musste. Hastig küsste er Astrid und lief eilend los.

Astrid sah ihm sehnsuchtsvoll nach und winkte noch, bis er aus ihrem Blickfeld entschwunden war.

Edwina bemerkte sofort, dass etwas nicht stimmte, als Astrid mit glühenden Wangen und Tränen überströmt ins Haus kam.

"Wollte sich Robert nicht von uns verabschieden?" fragte Edwina.

"Mama, er hätte es gerne getan, aber er musste den Zug noch bekommen."

"Das sehe ich ein, aber wo ward ihr solange, dass es so spät geworden war?"

"Mama, wir waren im Cafe und haben durch die Unterhaltung die Zeit total vergessen."

"Mein Kind ich kann es verstehen, aber trotzdem ist an dir etwas anders."

Astrid wehrte mit einer Handbewegung ab.

"Mam, bitte sei mir nicht böse, aber ich möchte jetzt gerne alleine sein. Morgen muss ich wieder in die Haushaltsschule und mich jetzt darauf vorbereiten."

"Ist gut mein Kind, dann schlaf wohl."

"Gute Nacht, Mama."

Jens Martens wartete bereits auf Robert, der ahnungslos war.

Als dieser gerade die Haustüre aufschließen wollte, stand Jens gleich hinter ihm.

"Guten Tag Bruder, ich bin heute schon angereist und hoffe auf deine Gastfreundschaft."

"Wie bitte? Ich höre wohl nicht Recht. Ich habe nur ein Zimmer und keinen Platz für missratene Verwandte."

"Darf ich wenigstens kurz herein kommen?"

"Meinetwegen, aber fasse dich kurz. Ich hoffe, du hast eine Pension gefunden."

"Keine Sorge, das habe ich und mir war klar, dass ich bei dir nicht willkommen bin."

"Dann sind wir uns ja einig, Jens."

"Gute Nacht Bruder, wir sehen uns beim Notar."

Jens machte sich auf den Weg in seine Pension, während Robert äußerst zornig seine Wohnung aufsuchte.

Tante Therese hatte diese Szene vor dem Haus teilweise mitbekommen und wollte Robert nicht stören. Jens Martens war ihr äußerst unsympathisch, das ganze Gegenstück von Robert. Jens kehrte noch im Gasthof ein und bestellte sich ein Bier.

Der Gasthof war bescheiden und nicht gut besucht. Der Wirt brachte persönlich das Bier an den Tisch."

"Zum Wohl der Herr."

Jens sah auf und musste feststellen, dass der Wirt ein schwerer Mann war mit wilden Locken. An diesen Abend trank er noch unzählige Gläser, bis er anfing alles doppelt zu sehen. Er lallte:

"Hey Wirt, hol mir eine Kutsche."

Jens bezahlte seine Zeche und torkelte nach draußen.

„Hey Kutscher, bringen sie mich zur Pension Traube."

Jens stieg schwankend ein und die Fahrt ging sofort los.

Nach wenigen Minuten hielt die Kutsche und Jens
stolperte halbwegs nach draußen. Er zahlte und
verschwand in seiner Pension und ließ sich auf sein Bett
fallen.

Robert fand keinen Schlaf und lief im Zimmer auf und
ab. Plötzlich klopfte es leise an der Tür.

"Robert, darf ich herein kommen?"

"Tante Therese, bitte komm nur rein."

"Mein Junge, kannst du nicht schlafen?"

Robert schüttelte den Kopf.

"Soll ich dir eine heiße Milch mit Honig machen?"

"Tante, das ist lieb von dir, aber nicht nötig. Tut mir Leid,
wenn ich dich gestört habe."

"Nein mein Junge."

Therese Stade ging wieder in ihre Wohnung.

*

Für Astrid hatte die Schule wieder begonnen und sie
freute sich schon darauf, Bernadette wieder zu sehen.
Schwester Kunibertis hatte den Lehrplan für die letzten
vier Monate fertig gestellt.

Als alle Mädchen wieder vollzählig waren, begrüßte die
Schwester ihre Zöglinge.

"Meine jungen Damen, ich hoffe, dass ihr schöne
Feiertage erleben durftet und nun wieder bereit seid zu
arbeiten."

Astrid war nicht bei der Sache und Bernadette merkte es
deutlich.

"Astrid, ist alles in Ordnung?"

"Aber ja, warum sollte etwas nicht in Ordnung sein?"

Bernadette sah ihre Freundin von der Seite an und
erklärte ihr, dass sie sich verändert hatte und mit den

Gedanken nicht bei der Sache war.

"Kannst du ein Geheimnis bewahren?"

"Selbstverständlich, wir sind doch enge Freundinnen."

Bernadette war sehr gespannt, was Astrid zu berichten hatte.

Da kam die Schwester und verteilte Arbeitsmaterial für den Unterricht.

"Fräulein Müller, du bist auffallend blass. Geht es dir nicht gut?"

"Ich verstehe nicht, warum jeder fragt, ob es mir gut geht.

Selbstverständlich ist alles in bester Ordnung."

Schwester Kunibertis hörte einen genervten Unterton heraus und sie wollte das Ganze weiter beobachten.

Die anderen Mädels unterhielten sich angeregt, was sie zu Weihnachten bekommen hatten.

"Meine Damen, jetzt wollen wir zum Unterricht übergehen."

In der Klasse war es sofort still und jeder schaute interessiert, was die Nonne an die Tafel schrieb.

Herr Sanders war gespannt auf Jens Martens, den er nur vom Hörensagen kannte. Er holte den dicken Aktenordner aus dem Schrank und las sich schon einmal ein.

Jens wurde durch das laute Klopfen an der Tür geweckt. Schlaftrunken schaute er auf seiner Uhr und bemerkte, dass er in voller Bekleidung eingeschlafen war.

Mit einem dicken Kater stand er auf und richtete sich mit einer Katzenwäsche her. Auf das Frühstück verzichtete er und trank nur einen schwarzen Kaffee.

Danach machte er sich auf den Weg und klappte den Mantelkragen hoch.

Ein eisiger Wind wehte ihm um die Nase, so dass ihm die Augen tränten.

Robert fuhr mit der Kutsche an Jens vorüber und sah bei Tageslicht, wie übernächtigt sein Bruder ausschaute.

Als Herr Sanders die Kutsche vorfahren hörte, schaute er aus dem Fenster und erkannte Robert Martens.

Er lief gleich zur Tür und empfing seinen Klient.

"Guten Morgen Herr Sanders."

"Bitte treten sie näher."

Jens war inzwischen auch eingetroffen und roch noch nach Alkohol und kalter Asche.

Der Notar bat auch Jens herein.

"Sie sind also Jens Martens."

"Der bin ich und ich hoffe auf ein ordentliches Erbe."

Herr Sanders blickte zwischen dem Einen und dem Anderen hin und her, runzelte die Stirn und klärte Jens auf über das Testament auf.

Jens war außer sich, weil ihm nur ein Pflichtteil zustand.

"Damit gebe ich mich nicht zufrieden, ich werde es anfechten."

"Da ist nichts anzufechten. Fakt ist, dass ihr Bruder Universalerbe ist und daran ist nichts anzufechten. Sie erhalten ein Sparbuch mit 125.000 Reichsmark."

Jens horchte auf und seine kalten blauen Augen leuchteten teuflisch.

"Nicht schlecht, besser als gar nichts."

"Gut Herr Martens, dann unterschreiben sie hier bitte und dann sind wir fertig."

Jens ließ das Sparbuch in seiner Jackentasche verschwinden und verließ das Büro mit den Worten:

"Werde glücklich mit deinen Milliarden."

Robert atmete erleichtert auf und Herr Sanders war auch mit dem Ergebnis zufrieden.

"Was werden sie jetzt tun, Herr Martens?"

"In genau vier Monaten ziehe ich von dem kalten Norden an den schönen Rhein."

"Das freut mich sehr und ich wünsche ihnen viel Glück."

Robert verließ nun auch das Haus und spazierte durch die Kälte.
Zur Feier des Tages kaufte er eine Flasche Champagner, um mit Tante Therese anzustoßen.

*

Acht Wochen waren schon vergangen und im Rheinland feierte man Karneval. In den Festsälen fanden Bälle statt, wo jeder ein Faschingkostüm trug.
In der Haushaltsschule war der Aufenthaltsraum geschmückt mit Papiergirlanden und Luftschlangen. Schwester Kunibertis sang mit ihren Mädchen Karnevallieder auf rheinische Mundart und auf den Tischen befanden sich die selbstgebackenen Berliner.
Astrid war immer noch auffallend blass und plötzlich wurde es ihr schwindelig. Dicke Schweißperlen waren auf ihrer Stirn und Astrid konnte sich gerade noch am Stuhl festhalten.
Bernadette war behilflich, dass Astrid sich richtig hinsetzte.
Plötzlich kippte sie zur Seite und fiel zu Boden.
Schwester Kunibertis sprang auf und eilte herbei. Mit ihren dicken und fleischigen Händen ohrfeigte sie Astrid, damit sie wieder das Bewusstsein erlangen sollte.
Sie zog einen Stuhl herbei, lagerte die Beine hoch und tupfte die Schweißperlen von der Stirn.
"Nach den Narrentagen gehst du sofort zum Doktor, und das ist ein Befehl."
Astrid war benommen und verstand nicht, was mit ihr geschehen war.
Sie wollte wieder aufstehen und Bernadette half ihr dabei.

Schwester Kunibertis bestand darauf, dass Bernadette ihre Freundin in den Schlafsaal bringen sollte.

"Du wolltest mir doch etwas anvertrauen, gleich zu Anfang des Schuljahres. Erinnerst du dich noch?"
Astrid wusste nicht, ob sie über ihr erstes Mal überhaupt sprechen sollte."
Ach ja, ich erinnere mich, war doch nicht so wichtig."
"Wenn du nicht darüber sprechen willst, so ist das in Ordnung."
"Danke, du bist eine wahre Freundin."
Astrid zog sich aus und legte sich gleich zu Bett.
Bernadette ging wieder in den Aufenthaltsraum und wurde gleich von der Schwester gefragt, ob sie etwas in Erfahrung gebracht habe.
Bernadette schüttelte den Kopf und sagte nur:
"Tut mir Leid, aber warten wir doch ab, was der Doktor feststellt."
Schwester Kunibertis nickte zustimmend:
"Das wird wohl das Beste sein."
Die Schwächeanfälle häuften sich zusehends, so dass die Nonne den Arzt kommen ließ.
Astrid lag schweißgebadet auf ihrem Bett, als Doktor Wirtz eintraf.
"Wo ist denn die Patientin?"
"Bernadette, bitte bring den Doktor zu Astrid."
"Ja Schwester."
Der Doktor folgte Bernadette und stellte ein paar Fragen.
Bernadette öffnete die Tür zum Schlafsaal und führte den Arzt zu Astrids Bett. Der Doktor bat Bernadette den Saal zu verlassen.
Während er den Puls fühlte, fragte er nach den Beschwerden und seit wann die Beschwerden aufgetreten sind.
Dann untersuchte er Astrid gründlich und fand sehr

schnell heraus, was die Ursache war.

Astrid brach in Tränen aus und war ganz verzweifelt.

"Herr Doktor, es darf Niemand erfahren. In zwei Monaten ist die Schule vorbei und ich werde die Frau von Professor Martens."

"Hm, ist er der Vater?"

"Ja, Herr Doktor."

"Sie wissen, dass es in zwei Monaten zu sehen ist."

"Waass?"

"Junges Fräulein, sie sind bereits Ende zweiten Monats."

"Bitte sagen sie der Schwester nichts, sonst fliege ich von der Schule."

Dr. Wirtz sah mitleidig auf seine verzweifelte Patientin und beruhigte sie, dass er der ärztlichen Schweigepflicht unterliege.

Er stellte ein Rezept aus gegen Schwindel und Übelkeit und verabschiedete sich.

Auf dem langen Flur kam gerade Schwester Kunibertis daher und wollte gleich wissen, was der Doc herausgefunden hatte.

"Schwester, es ist nichts Schlimmes, nur der Kreislauf."

"Da bin ich beruhigt."

Bernadette begleitete den Doktor zum Ausgang und wollte gleich nach ihrer Freundin sehen. Kunibertis betrat den Schlafsaal und fand eine aufgelöste Astrid vor.

Mit ihren schweren Pfunden setzte sie sich auf die Bettkante und tätschelte Astrids Hand.

"Du musst nicht weinen, der Doktor sagt, es ist nur der Kreislauf. Mit der Medizin geht es dir bald besser."

Astrid wischte sich die Tränen fort und schaute in das runde Gesicht mit den grauen Augen, die gütig auf sie blickten.

"Sie haben recht Schwester und ich danke ihnen."

"Schon gut."

Die Schwester erhob sich und verließ den Saal.
Bernadette traf auf Schwester Kunibertis und die
Schwester bat Bernadette, sich um ihre Freundin zu
kümmern.
Als die Schwester aus dem Blickfeld war, eilte
Bernadette in den Schlafsaal. Sie hörte Astrid herz-
zerreißend schluchzen.
"Meine liebe Freundin, was ist denn los?"
"Es ist ja so furchtbar. Ich bin erledigt."
"Um Himmel Willen, was ist nur geschehen?"
"Bernadette, ich bin bekomme ein Kind."
"Wie bitte?"
"Ja ich bin schwanger. Wenn das publik wird, dann fliege
ich von der Schule."
„Wie weit bist du denn?"
"Ende des zweiten Monats."
"Hm, das ist zwar ein Problem, aber keines, welches
man nicht kaschieren könnte. Du ziehst weitere Kleider
an und so fällt es nicht auf."
Bernadette hatte so Mitleid mit ihrer besten Freundin,
und nahm sie in ihren Arm.
"Es wird alles nicht so heiß gegessen, wie gekocht wird."
"Ich muss es Robert schreiben," entschied Astrid.
Die anderen Mitschülerinnen waren besonders neugierig
und stellten Mutmaßungen an.
Als Schwester Kunibertis wieder in den Aufenthaltsraum
kam, hatten die Mädchen Grüppchen gebildet und
tuschelten.
"Was ist hier los und was soll das Getuschel?"
Die Mädchen erschraken, weil sie die Nonne nicht
bemerkt hatten.
"Bitte entschuldigen sie Schwester. Wie geht es Astrid?"
"Kein Grund irgendwelche Hirngespinste in die Welt zu
setzen, es war lediglich nur der Kreislauf."

Robert war wieder auf einer Auktion und beruflich längere Zeit von Hamburg weg gewesen. Er war auf dem Weg nach Hause und hatte ein merkwürdiges Gefühl von Unruhe in sich.

Noch vier Stationen und er war endlich am Ziel.

Vor dem Bahnhofsplatz standen Droschken, wo Robert gleich einstieg.

Als er zu Hause ankam, lag ein Brief auf dem Tisch. Gleich öffnete er ihn und las, was Astrid ihm geschrieben hatte.

Um den Inhalt zu begreifen, las er den Brief ein zweites Mal und suchte nach einer Sitzgelegenheit.

Er wusste nicht ob er jubeln oder verzagen sollte. Immerhin schrieb man das Jahr 1870 und die Moral wurde hoch geschätzt. Was jetzt geschehen war, galt als Schande und Robert hatte plötzlich Angst vor den Müllers, die sehr enttäuscht sein mussten.

Er packte sofort ein paar Sachen und reiste sofort wieder ab. In seiner Pension war immer ein Zimmer frei, ohne dass vorreserviert werden musste.

Robert fühlte sich in seiner Haut gar nicht wohl und hatte Sorge vor dem Bekenntnis. Insgeheim hoffte er, dass sie es noch nicht wussten.

Nach drei Stunden hielt der Zug am Bestimmungsort und Robert stieg in die Kutsche, die am Hauptportal stand.

Als die Kutsche vor dem Haus der Müllers hielt, schaute Edwina aus dem Fenster.

"Da kommt Robert, nanu so außer der Reihe."

"Robert, was führt dich denn hier her?"

"Ich muss dringend mit euch sprechen."

"Aber Robert, ist etwas passiert?"

"Ja, es ist etwas Einschneidendes passiert, was uns zwingt, die Hochzeit vor zu verlegen."

Edwina fasste sich an die Stirn und musste sich setzen.
Alfred fragte gleich, was denn los sei. Edwina forderte
Alfred auf, sich auch zu setzen.
"Das hört sich ja sehr ernst an, also was ist denn los?"
"Astrid bekommt ein Baby und ist im zweiten Monat.
Wir könnten schon Anfang April heiraten und die Villa
wäre auch bezugsfertig."
Alfred und Edwina sahen sich an und waren sehr
betroffen.
Alfred ergriff dann das Wort und sagte:
„Ich bin froh, dass du erst zu uns gekommen bist und die
Verantwortung trägst. In Anbetracht der neuen Situation
finde ich auch, ihr sollet schon früher heiraten. Es ist nun
mal passiert und wir müssen nun das Beste daraus
machen."

"Ich bin euch ja so dankbar." Robert saß beschämt da.
"Nun lass den Kopf nicht hängen, aber eine Frage musst
du mir beantworten. Wo ist es passiert?"
Robert wurde ganz rot im Gesicht und sagte leise:
"In der Villa am Neujahrstag."
Edwina fing gleich zu rechnen an, wann das Baby
kommt.
Astrids Übelkeit war an der Tagesordnung und
Schwester Kunibertis wurde misstrauisch. Eines
Morgens lauschte sie vor dem WC und wartete, bis
Astrid kreidebleich heraus kam.
"Astrid, bitte komm in meinem Büro, wir müssen uns
unbedingt unterhalten. Dieser Zustand hält jetzt schon
seit drei Monaten an und ich will jetzt endlich die
Wahrheit erfahren."
Die Nonne fixierte Astrid streng, während sie sich im
Lehnstuhl zurücklehnte.
Astrid saß mit gesenktem Haupt da und die Tränen
liefen ihr über die Wangen.

"Bitte hab Vertrauen zu Schwester Kunibertis, sie reißt dir nicht den Kopf ab, sondern möchte dir gerne helfen. Du brauchst nichts zu sagen denn ich vermute, dass du ein Kind bekommst. Keine Sorge, von der Schule werde ich dich nicht schicken. Alles was hier besprochen, bleibt unter uns."

Astrid blickte auf und war sehr dankbar.

Die schwergewichtige Nonne erhob sich und sagte zum Abschluss:

"Jetzt gehen wir wieder in den Unterricht."

Als Astrid die Klasse betrat, wurde heimlich getuschelt. Bernadette hatte großes Mitgefühl für ihre beste Freundin. Schwester Kunibertis bat Bernadette sich um Astrid zu kümmern. Nach dem Unterricht ging es in den Speisesaal und Astrid entwickelte einen großen Appetit.

*

Robert verabschiedete sich von den Müllers und suchte seine Pension auf. Am nächsten Morgen wollte er gleich den ersten Zug nehmen nach Hamburg.

Gegen Mittag war er wieder zu Hause und rief Tante Therese zu sich.

"Mein Junge, was ist geschehen?"

"Tante, ich muss schon früher von hier weg und du kommst mit mir. In der Villa ist viel Platz und du bekommst das schönste Zimmer, was die Villa hergibt."

"Hmm, einen alten Baum sollte man doch nicht mehr verpflanzen."

Robert erschrak und sagte gleich:

"Tantchen, du mir das nicht an, du bist für mich so wichtig."

"Ach Robert, leicht fällt es mich nicht, hier fort zu gehen, aber dir zuliebe komme ich mit und bin gespannt auf dein Bad Honnef."

"Gut, dann werde ich alles Weitere veranlassen."

Robert verließ hastig die Wohnung von Tante Therese. Die Tante verstand nicht, weshalb die plötzliche Eile. Robert bestellte ein Umzugsunternehmen und wollte noch im März in seiner Villa einziehen.

Tante Therese würde später nachkommen, sobald sie einen Käufer für ihr Haus gefunden hatte. Viel hatte Robert nicht mitgenommen, außer seine persönlichen Sachen. Jetzt musste er sich um Personal kümmern, die Haus und Hof pflegten.

Kurz entschlossen setzte er eine Anzeige in dem Honnefer Blättchen. Schon sehr bald stellten sich viele Leute vor, die sich bewerben wollten.

Robert sah sich jeden Einzelnen genau an, bevor er zu einer Entscheidung kam. Ein ganzer Tag ging dabei drauf, bis das Personal vollständig war. Robert rief alle beisammen und teilte seine Wünsche mit, auf die er großen Wert legte. Jeder Angestellte hatte sein Zimmer. Jetzt musste nur noch das Aufgebot bestellt werden, was am nächsten Tag geschehen sollte.

Die Müllers unterstützten Robert wo sie konnten.

Die Hochzeit war für den 26. März vorgesehen.

Alles klappte hervorragend; fast viel zu gut. Die Dienerschaft war inzwischen eingezogen und fleißig am Werk, was Robert sehr gefiel, aber er dachte bei sich, "Neue Besen kehren gut."

An diesem Tag fiel er müde in sein Bett und schlief gleich ein.

Plötzlich wurde er durch ein lautes Geräusch aus dem Schlaf gerissen und sah einen hellen Schatten durch den Raum schweben. Es war eisig kalt und der Hauch wurde sichtbar.

Es klopfte überall und die Dielen knarrten. Robert wusste nicht, was das alles zu bedeuten hatte. Mit zittrigen Händen machte er Licht und da war alles wieder ganz normal.

Er glaubte an Nervenüberreizung, die ihm einen Streich gespielt haben. Dann löschte er das Licht und fiel gleich wieder in den Schlaf.

Als er am anderen Morgen erwachte, wusste er nicht, ob er alles nur geträumt hatte.

Sein Personal war schon tätig in Küche, Zimmer und Garten.

Diener Albert brachte gerade das Frühstück ins Schlafzimmer.

"Guten Morgen, gnädiger Herr."

"Guten Morgen Albert, vielen Dank."

"Haben der Herr noch einen Wunsch?"

"Nein danke, aber eine Frage habe ich, Albert. Ist ihnen letzte Nacht etwas Ungewöhnliches aufgefallen?"

"Nein gnädiger Herr."

Albert verbeugte sich und verließ das Zimmer. Robert nahm sich vor, sein weiteres Personal zu befragen, wenn er sich dabei etwas dumm vorkam.

Der Tagesplan war schon groß, worum sich Robert kümmern musste.

*

Astrids Zustand hielt an und es gab keine Medizin dagegen.

Schwester Kunibertis rief Astrid zu sich, als die Anderen den Speisesaal verließen.

"Ich habe mich entschieden und werde dich entlassen von dem Unterricht."
"Aber wenn sie mich vorzeitig von der Schule schicken, habe ich keinen Abschluss."
Astrid war ganz verzweifelt.
"Aber nein, ich werde die Prüfung vorverlegen und datiere dein Zeugnis natürlich so, als währest du bis zum Schluss geblieben.
Ich werde dich prüfen, so dass es die Anderen nicht gewahr werden."
"Schwester ich, ich weiß gar nicht, wie ich ihnen danken kann."
"Ach ja, ist schon gut Kindchen." Die Nonne schickte Astrid wieder zu ihren Mitschülerinnen.
Am anderen Morgen konnte Astrid gar nicht aufstehen. Bernadette schickte sofort nach der Schwester, die ganz aufgeregt angerannt kam. Besorgt schaute sie auf die blasse Astrid und fühlte ihre Stirn und Puls.
"Bernadette, wir müssen Astrid ins Krankenhaus bringen."
„Ich werde gleich alles veranlassen."
In einer knappen halben Stunde fuhr der Kranken-transport vor und die Sanitäter kamen mit einer Trage herein. Es musste alles schnell gehen und Astrid wurde in das naheliegendste Krankenhaus gebracht.
Nach gründlicher Untersuchung stellte Doktor Jansen fest, dass der Fötus nicht mehr lebte und das Leichengift den ganzen Bauchraum befallen hatte. Astrid hatte das Bewusstsein verloren und ist ins Koma gefallen.
Nach den Unterlagen ließ Doktor Jansen die Eltern benachrichtigen, dass sie schnell kommen sollten.
Edwina war ganz aufgelöst, als sie die Klinik erreichte. Die Oberschwester kam gerade aus dem Behandlungszimmer und schüttelte nur den Kopf.

"Ich will sofort zu meiner Tochter" schluchzte Edwina laut.

"Bitte kommen sie Frau Müller. Der Stationsarzt möchte auch noch mit ihnen sprechen. Ich lasse Sie jetzt allein, damit sie sich von ihrer Tochter verabschieden können."

Edwina stürmte zu der Liege, auf der ihre Astrid mit einem Laken abgedeckt lag. Sie schlug das weiße Tuch zurück und weinte herzzerreißend.

Nachdem sie sich wieder gefasst hatte, folgte sie der Schwester ins Arztzimmer.

"Frau Müller, ich bin Doktor Jansen, mein aufrichtiges Beileid.

Bitte nehmen sie Platz. Ihre Tochter ist an Leichengift gestorben.

Der abgestorbene Fötus war unbemerkt über eine Woche im Uterus."

"Hat sie sehr leiden müssen, Herr Doktor?"

"Bitte quälen sie sich nicht. Sie sollten jetzt an die Bestattung denken. Es tut mir sehr Leid, dass ich ihrer Tochter nicht mehr helfen konnte."

Wie mechanisch erhob sich Edwina und verließ das Ärztezimmer.

Auf dem Weg nach Hause, sah Robert Edwina von weitem und beschleunigte seine Schritte.

Als er Edwina eingeholt hatte, sah er eine verzweifelte Frau mit leerem Blick Er fasste sie bei den Schultern und bat sie, ihm zu sagen, was passiert war.

"Astrid ist tot."

Robert schaute ungläubig und schrie ganz laut:

"Nein."

Die Leute auf der Strasse schauten ganz entsetzt und drehten sich herum. Edwina bat Robert zu sich nach Hause, um ihm alles detailliert zu erklären.

Als Alfred die ernsten Gesichter sah, ahnte er Schlimmes.

"Was ist los?"
"Alfred bitte setz dich und sei gefasst.
Astrid ist im Krankenhaus an einer Leichenvergiftung gestorben.
Das ungeborene Kind war über eine Woche tot im Uterus.
Die Ärzte konnten nichts mehr für unsere Astrid tun.
Statt Hochzeit gibt es nun eine Beerdigung."
Alfred saß versteinert da und Robert vergrub sein Gesicht in seine Hände. Plötzlich sprang er auf und verließ das Haus der Müllers.
Wie vom Teufel gehetzt rannte er nach Hause und schloss sich in seinem Schlafzimmer ein.
Seine Dienerschaft ließ ihn in Ruhe und kümmerte sich um das Haus.
Robert legte sich aufs Bett und ließ seinen Gefühlen freien Lauf.
Als zu später Stunde die Dienerschaft zu Bett gegangen war, ging Robert in den Keller, der hohe Gewölbe, ähnlich wie Katakomben hatte.
Er durchsuchte alle Ecken nach einem Seil, fand aber keines.

Kurz entschlossen zog er seinen Hosengürtel aus und machte sich daraus eine Schlinge. Am Kellerfensterkreuz befestigte er den Gürtel und sprang von der Kiste, die er bereitstellte, um ans Fensterkreuz zu gelangen.
Sein Körper baumelte und zuckte, bis Robert erstickte.
Als seine Dienerschaft seinen Leichnam am nächsten Tage entdeckte, wollte keiner mehr von ihnen dort bleiben.

Die Villa stand fast dreißig Jahre leer, bis ein Nach-
komme von Jens Martens die Villa erbte.
Lukas Martens war auch Professor in der Physik und
lebte nur für seinen Beruf.
Der Brief vom Notar veranlasste ihn nach Bad Honnef zu
reisen.
Das Büro von Herrn Sanders hatte inzwischen Herr
Kolbe übernommen.
Lukas war zum ersten Mal in Bad Honnef und gleich
sehr beeindruckt von der Schönheit des Ortes und
dessen Umgebung. Er zog es vor zu Fuß zu gehen um
mehr von diesem Ort zu sehen. Nach etwa zwanzig
Minuten stand er vor der Kanzlei und schellte.
Eine blonde Dame öffnete und bat Lukas herein.
"Guten Tag, mein Name ist Martens."
"Ich weiß, Herr Kolbe erwartet sie, bitte folgen sie mir."
Lukas war sehr angetan von dieser Frau und konnte
seinen Blick kaum von ihr abwenden. Herr Kolbe holte
Lukas wieder in die Wirklichkeit zurück und sprach ihn
an.
"Bitte treten sie näher Herr Martens."
Fräulein Lenz zog die Tür ins Schloss.
Lukas war ganz verwirrt und Herr Kolbe merkte sogleich,
dass sich Lukas in seiner Sekretärin verliebt hatte.
"Herr Martens, haben sie sich schon die Villa
angesehen?"
"Die Villa?, nein noch nicht."
Herr Kolbe zeigte ihm ein Foto von dem Anwesen und
erklärte ihm alles, auch dass er der Alleinerbe sei.
Lukas war sehr beeindruckt und sagte:
"Ein wirklich schönes Objekt und überhaupt ist diese
Stadt wunderschön.

Herr Kolbe, ich nehme die Erbschaft an."
"Herr Martens, dann werde ich alles veranlassen, eigentlich eine reine Formsache. Die Schlüssel gebe ich ihnen gleich. Haben sie noch Fragen?"
"Ja und zwar weshalb steht dieses Anwesen schon solange leer?"
"Das kann ich ihnen nicht sagen, sehr wahrscheinlich gab es zu dieser Zeit noch keine Nachkommen. Kann ich sonst noch etwas für sie tun?" Lukas druckste herum und dann fasste er Mut und fragte nach der hübschen blonden Frau, in welcher Position sie in die Kanzlei gehöre.
Herr Kolbe lachte herzhaft und beantwortete seine Frage.
"Das ist Fräulein Lenz, meine wertvolle Angestellte. Sie ist noch ledig und in keiner Beziehung. Reicht das?"
"Ich danke ihnen sehr und nun werde ich mir mein Erbe ansehen."
Lukas erhob sich und verließ das Büro.
Dann traf er auf Fräulein Lenz und wurde ganz verlegen.
"Wertes Fräulein, ich würde sie gerne wieder sehen. Darf ich sie zum Essen einladen?"
Eva Lenz sah ihn ganz überrascht an und antwortete:
"Vielleicht beim nächsten Mal, momentan habe ich viel zu viel Arbeit."
Etwas enttäuscht verabschiedete sich Lukas, aber er würde nicht aufgeben.
Jetzt war er natürlich auf seinen Landsitz gespannt und beschleunigte seine Schritte auf dem Wege dahin.
Als er von weitem schon das verwilderte Grundstück sah, wurde es ihm etwas eigenartig. Es wirkte wie ein Dornröschenschloss nach hundert Jahre Tiefschlaf.
Lukas hatte sein Ziel erreicht und betrat das verwilderte Grundstück, wo er sich durchkämpfen musste.

Er holte den Schlüssel aus der Tasche und versuchte aufzuschließen. Es war sehr beschwerlich und mit viel Anstrengung verbunden. Nach mehreren Versuchen war das Schloss endlich auf und Lukas trat ein.
Die Luft war stickig und überall hingen Spinnweben.
Die Möbel waren mit weißen Tüchern abgedeckt.
Lukas zog die schweren Vorhänge zur Seite und öffnete die Fenster. Bei Tageslicht wirkten die Räume schon viel freundlicher.
Nun wollte er alles genauer sehen und lies auch den Keller nicht aus.
Alles war aufgeräumt, als ob Niemand dort gelebt hatte.
Ein leichter Schauer fuhr ihn über den Rücken und es wurde plötzlich eiskalt. Lukas wurde es zunehmend unheimlich und er eilte hastig wieder nach oben.
Wohnen und leben wollte er dort auf keinen Fall, aber er musste unbedingt in Erfahrung bringen, welches Geheimnis diese Villa verbirgt.
Hastig schloss er die Fenster und verließ eilends das Anwesen. Beim Bau- und Katasteramt sollte er die Antwort finden.
Lukas fragte sich im Rathaus durch und durfte sich im Archiv umsehen.

Schnell wurde Lukas fündig und las ganz interessiert die Eintragungen über seine Vorfahren.
"Hmm, das war mein Urgroßonkel, aber was ist mit ihm geschehen?" dachte Lukas laut.
"Kommen sie zurecht?" fragte eine freundliche Herrenstimme.
"Gewiss schon, aber ich habe Fragen, die durch die Unterlagen nicht beantwortet werden."
Der Sachbearbeiter trat näher und Lukas sah nun, dass es ein älterer Mann kurz vor seiner Pension war.

"Junger Mann, ich weiß von dem Drama damals. Ihr Urgroßonkel ließ diese Villa bauen für seine große Liebe. Kurz vor der geplanten Hochzeit verstarb die junge Frau ganz unerwartet. Sie war sehr schön gewesen und der gnädige Herr hat den Verlust nie verwunden und den Freitot gesucht."
Lukas erschauderte unter dem Gehörten und erhob sich von seinem Stuhl.
"Ich danke ihnen vielmals für die Auskunft."
Lukas musste wieder verreisen und wusste, dass er eine Entscheidung treffen musste, was aus der Villa werden sollte.

*

Die Geschäftsreisen nahmen Lukas so in Anspruch, dass ihm keine Zeit blieb, um sich um die Villa zu kümmern. Er hatte auch kein Interesse an dieses Objekt mit solch einer Tragik und entschloss sich kurzerhand zum Verkauf.
Vier Millionen wollte er für dieses Anwesen haben und beauftragte einen Makler, der seine Wünsche gern in Auftrag nahm. Wieder vergingen Jahrzehnte, bis sich ein sehr wohlhabender Doktor der Medizin als Käufer fand.
Es war Doktor Theben verheiratet und eine Tochter.
Als sie das Anwesen in Augenschein genommen hatten, waren alle begeistert und wollten gleich einziehen.
Ralf Theben beauftragte eine Gärtnerei für den Wohnpark.
Eine Malerei sollte sich um die abgebröckelte Fassade kümmern. Nach vier Wochen waren die Arbeiten beendet und Dr. Theben nahm alles in Augenschein.

Er war erstaunt, wie schön jetzt sein Anwesen aussah.
Frau Alice Theben kümmerte sich um die Räumlich-
keiten und legte selbst Hand an.
Annette fiel die Wahl schwer, sich für ein geeignetes
Zimmer zu entscheiden.
Da musste der Papa ein Machtwort sprechen und
verwies seine verwöhnte Tochter in ein angemessenes
Zimmer, welches nicht so groß war.
Annette schmollte und wollte ein Anderes.
"Du gehst in das Zimmer, das ich Dir gesagt habe, mein
Fräulein und keine Diskussion."
"Mama bitte!"
"Nein was Papa angeordnet hat, geschieht!"
Annette war zurzeit sehr schwierig und pubertierend mit
ihren dreizehn Jahren.
Ralf Theben beauftragte eine Möbelspedition für den
Umzug.
In zwei Wochen würde dann der Einzug in die Villa sein.
Alice packte die Kartons, die sich schon stapelten im
Wohnzimmer.
Ralf Theben war in seiner Praxis und hielt seine
Sprechstunde.
Voller Freude berichtete er seiner alten Stammpatientin
von seinem Erwerb und dem Umzug. Die alte Frau
Kluge schaute erschrocken und sagte:
"Um Himmels Willen, Doktor Theben."
"Weshalb? Frau Kluge."
"Ach Herr Doktor, wissen sie nicht von dem Unglück?"
"Nein woher, aber ist das nicht alles Altweiber-
geschwätz!?"
"Lieber Doktor Theben, sie wollen mich doch nicht damit
in Verbindung bringen."
"Liebe Frau Kluge, sie doch nicht. Sie sind meine liebste
Patientin."

"Also gut, wenn ich sie nicht davon abhalten kann, dort einzuziehen, holen sie bitte einen Pastor, der ihr Heim reinigt."

Ralf Theben durchfuhr ein kalter Schauer.

Er wusste, dass Frau Kluge keinen Unsinn redete und voll bei Verstand war trotz ihrer vierundachtzig Jahre.

Das Unternehmen traf pünktlich ein und verlud alle Kartons und Möbel. Nach drei Stunden war endlich alles verladen und Alice fuhr mit dem PKW hinter dem Möbelwagen her. Es dauerte nur wenige Minuten, bis das Ziel erreicht war.

Der Möbelwagen rangierte gerade in die enge Einfahrt. Als er günstig geparkt hatte, stiegen die Möbelträger aus und öffneten die Plane. Alice war auch eingetroffen und parkte dicht bei der Villa. Hastig schloss sie die Haustür auf und schaffte Platz für die Träger und wies sie richtig ein.

Das Wetter war sonnig und der Himmel wolkenlos.

Trotz des schönen Wetters hörte man keinen Vogel zwitschern, was schon sehr merkwürdig war.

Alice wusste nicht wo ihr der Kopf stand und brauchte erst einmal einen frisch aufgebrühten Kaffee.

Sie kochte eine große Kanne voll und lud die Möbelpacker dazu ein, die dankend die Einladung annahmen.

Gegen Mittag kam Annette aus der Schule und stürmte gleich in ihr neues Reich.

"Mama, das sieht ja richtig toll aus und das Zimmer wirkt auch gar nicht mehr so klein."

"Na siehst du, Vater hatte doch Recht und er müsste auch bald zu Hause sein. Hoffentlich ist sein Büro schon fertig eingerichtet."

Alice schaute gleich nach und kontrollierte ihre Möbel.

Die Spedition hatte ordentlich gearbeitet und keine Schäden waren verursacht worden.

Der LKW entfernte sich vom Grundstück und trat seine Rückfahrt an.

Ralf Theben fuhr mit seinem Auto gerade die schmale Einfahrt durch, als Alice ihm vom Fenster aus zuwinkte. Es war ein lauer Spätsommertag, wo man gerne im Garten zubrachte. Vielleicht ergab sich ja noch die Gelegenheit, sobald alles an seinem Platz stand.

Außer einen Gärtner benötigten die Thebens kein Personal.

Annette war schnell fertig mit dem Einräumen und machte es sich mit einem spannenden Buch gemütlich.

Alice kümmerte sich um das Abendessen, während Ralf in seinem Büro die Akten einräumte.

Während er nebenbei aus dem Fenster zum Hof sah, bemerkte er auch die Totenstille, aber er verwarf gleich wieder den Gedanken.

Annette wurde plötzlich durch ein lautes Geräusch aufgeschreckt.

Sie legte das Buch zur Seite und suchte nach der Ursache, aber es war nichts zu sehen.

Als Annette wieder in ihrem Buch weiter lesen wollte, durchzog ein eisiger Hauch durchs Zimmer. Sie legte erneut das Buch zur Seite und wollte das Fenster schließen, aber es war bereits zu.

Voller Panik verließ sie ihr Zimmer und lief in die Küche.

"Da bist du ja schon und wenn Vater auch noch kommt, dann können wir zu Abend essen."

Annette saß etwas schweigsam am Tisch und druckste herum.

"Hast du irgendetwas, mein Kind?"

"Mama, es spukt hier."

"Ach was das glaube ich nicht und lass es bloß nicht Vater hören."

"Mama irgendetwas stimmt hier nicht."

Ralf kam nun auch in die Küche und war sehr hungrig.
"Was gibt es denn Gutes?"
"Belegte Brote Vati."
Ralf setzte sich an den Tisch und bemerkte, dass
Annette sehr schweigsam war.
"Geht es dir nicht gut?"
"Nein, nein alles in Ordnung."
Ralf erzählte von seinem Tagesablauf und die Freude
über sein schönes Büro.
Alice war von dem Umzug geschafft und sehnte sich
nach ihrem Bett.
Nachdem alle mit Essen fertig waren, räumte Alice noch
den Tisch ab.
Ralf hatte sich schon im Schlafzimmer zurückgezogen
und stellte den Wecker für den anderen Morgen. Annette
ließ die ganze Nacht das kleine Nachtlämpchen
brennen. Irgendwann muss sie eingeschlafen sein und
bekam nicht mit, dass das Fenster sperrangelweit offen
war. Alice wurde durch das Weinen einer Frau wach.
Sie machte Licht und sah auf die Uhr, die zwei Uhr
morgens zeigte. Spontan lief sie ins Kinderzimmer und
kam in einen Eiskeller.
Annette zitterte am ganzen Körper und wimmerte.
"Um Himmel Willen mein Kind" schrie Alice laut.
Hastig schloss sie das Fenster und fühlte die Stirne von
Annette. Sie hatte hohes Fieber und röchelte. Alice war
in großer Sorge und weckte ihren Gatten. Schlaftrunken
bewegte sich Ralf in das Kinderzimmer. Als er sah, wie
ernst die Lage war, brachte er Annette ins Krankenhaus. Er stand vor einem Rätsel und verstand nicht,
woher plötzlich die Lungenentzündung herrührte.
Alice glaubte ihrer Tochter und wollte die Vorgänge
beobachten. Annette hatte über vierzig Grad Fieber und
kämpfte ums Überleben.

Ralf sprach mit dem dienst habenden Arzt, der für dringend notwendig befand, Annette in der Klinik zu behalten.

Danach fuhren Ralf und Alice nach Hause. Ralf bemerkte, wie bestürzt Alice neben ihn verharrte.

"Keine Sorge, unsere Tochter wird wieder gesund."

"Ralf, es gibt da ein anderes Problem."

Ralf schaute erstaunt zur Seite und fragte:

"Von welchem Problem sprichst du?"

"Ich weiß nicht, wie ich es dir erklären soll, aber irgendetwas stimmt mit diesem Haus nicht. Als ich in der Nacht erwachte, hörte ich eine andere weinende Frauenstimme."

"Das verstehe ich nicht" antwortete Ralf, dem dieses Thema völlig unsinnig erschien.

Alice senkte ihren Kopf und sagte in einen fast flüsternden Ton:

"Ich habe auch nichts anderes erwartet."

"Wie bitte? Hast du eben was gesagt?"

"Nein, nicht so wichtig."

"Ach so, dann ist es ja gut."

Das Ziel war erreicht und Ralf parkte direkt neben der Villa. Es war immer noch finstere Nacht und kein einziger Stern am Himmel zu sehen. Alice schloss die Eingangstür auf und eilte nach oben.

Ralf lief noch in die Küche und trank einen großen Schluck Milch bevor er auch zu Bett ging. Als er oben ankam, hatte Alice sich schon zu Bett gelegt.

"Darling, schläfst du schon?"

"Ja, ich schlafe."

Ralf legte sich auch hin und drehte sich auf die rechte Seite, wo er auch schnell wieder einschlief.

Am anderen Morgen war der Frühstückstisch schon gedeckt als Ralf aus der Dusche kam.

Alice zog es vor, nichts mehr vom Vortag zu erwähnen.
Während des Frühstücks sprach keiner ein Wort, bis
Ralf das Haus verließ, um in seine Praxis zu fahren.
Der normale Alltag hatte die Hausherrin wieder eingeholt
und sie legte sich ins Zeug, um alles zu schaffen.
Gegen 15:00Uhr besuchte sie ihre Tochter im
Krankenhaus.
Das Fieber war auf 37 Grad zurückgegangen und
Annette ging es deutlich besser. Alice setzte sich auf die
Bettkante und war überglücklich.
"Mama, ich möchte wieder nach Hause."
"Ein paar Tage musst du schon noch bleiben. Der
Doktor sagt, eventuell in ein bis zwei Tagen."
"Das ist ja toll, aber hier ist es langweilig und die Nonnen
sind so streng."
"Ich weiß, mein Kind, bitte halte durch."
Plötzlich flog die Tür auf und die Schwester kam mit
einem kleinen Tablett herein.
"Zeit für die Spritze, bitte verlassen sie kurz das
Zimmer."
Alice ging nach draußen und wartete vor der Tür. Da
hörte sie ihre Tochter laut aufschreien und die laute
Stimme dieser stämmigen Schwester die sagte:
"Stell dich nicht so an."
Schwere Schritte waren zu hören und dann wurde die
Tür aufgerissen.
"Sie können wieder rein."
Annette hielt sich noch die Stelle, wo ihr die Nonne die
Penicillinspritze gab.

Ralf hatte viel zutun und sein Wartezimmer war übervoll.
Die meisten Patienten hatten grippale Infekte und
Bronchitis.
Er war ganz unruhig und musste an seine Tochter
denken.

Diese ganze Angelegenheit war mehr als mysteriös.
Die vielen gehörten Warnungen gingen ihm durch den
Kopf.
Als der letzte Patient zur Behandlung aus dem
Sprechzimmer ging, atmete Rolf auf.
Er gab seiner Sprechstundenhilfe noch Anweisungen für
den nächsten Tag und fuhr danach heim.
Alice bereitete in der Küche das Essen vor und richtete
alles dekorativ her. Als Ralf die Küchentür öffnete,
zuckte Alice zusammen.
"Aber Darling, du zitterst ja. Wir müssen uns heute
Abend zusammen setzen und wichtige Dinge
besprechen."
Seine Gattin schaute erstaunt zu ihm auf und fragte
etwas verunsichert:
"Was gibt es denn?"
"Bitte, nach dem Abendbrot. Ich gehe schnell in den
Keller und hole uns eine Flasche Wein hoch."
Alice war überrascht über die Aufmerksamkeit von ihrem
angetrauten Ehemann.
Rolf stand vor dem Weinregal und überlegte, welchen er
auswählen sollte. Die Flaschen waren alle staubig, so
dass man das Etikett nicht mehr lesen konnte.
Dann holte er eine besonders staubige Flasche hervor
und wischte sie oberflächlich frei, damit er den Jahrgang
lesen konnte.
Er machte das Licht aus und lief mit eiligen Schritten
wieder nach oben.
"Du hast aber lange im Weinkeller zugebracht,"
stellte Alice fest.
"Weißt du was für wertvolle Jahrgänge dort lagern? Hier
ein alter Rheinhessen von 1899,ein ganz besonderes
Tröpfchen."

Der Doktor holte einen Korkenzieher, öffnete die Flasche und schenkte beiden in die dafür vorgesehenen Gläser ein.

"Auf unser Wohl und die Gesundheit unserer Tochter." Alice erhob auch ihr Glas und stieß mit Ralf an.

"Hmm, ist das ein herrliches Tröpfchen." Der Arzt ließ den Wein auf seiner Zunge zergehen und plötzlich wurde er ernst.

"Ich möchte mit dir über unser Haus sprechen. Du machtest gestern eine Andeutung, die mir Sorgen bereitet hat."

"Also glaubst du mir?"

"Ich denke ja und werde von nun an besonders auf jede Kleinigkeit achten. Sobald ich mir ganz sicher bin, werde ich Hilfe holen, damit der Spuk ein Ende hat."

"Da bin ich erleichtert, dass du mir endlich glaubst und mich nicht als hysterisch oder überdreht ansiehst."

"Wann wird Annette entlassen?"

"In ein bis zwei Tagen."

Rolf schenkte nach und der Wein stieg ihm zu Kopf, wie es sich schnell bei ihm bemerkbar machte.

Übermütig sprang er auf, hob Alice in die Höhe und drehte sich mit ihr im Kreise.

"Weißt du was mein Schatz? Wir hatten so wenig Zeit für unser Privatleben, das wir wichtige Dinge total vernachlässigt haben. Bitte komm mit mir, ich begehre dich."

"Aber ich muss doch noch die Küche in Ordnung bringen!"

"Liebes, später."

Ralf trug seine Frau ins Schlafzimmer und fiel gierig über sie her, wie noch nie zuvor. Er riss ihr die Kleidung vom Leib und liebte sie wie ein Besessener. Alice gefiel diese Leidenschaft und erwiderte ihre Gelüste bis zu einem gewissen Grad, wo ihr Ralf etwas Angst einflößte.

Plötzlich endete abrupt der Liebesakt und Ralf fiel zur Seite.

Alice schreckte hoch und beugte sich über ihren Mann.

"Ralf, was hast du? So sag doch was!"

Da fing ihr Angetrauter plötzlich an zu schnarchen und Alice musste schmunzeln. Sie stand auf, zog sich einen Bademantel über und verließ auf Zehenspitzen den Raum. In der Küche wartete noch Arbeit und duschen wollte sie auch noch. Schnell war der Abwasch getätigt alles aufgeräumt, so dass Alice sich endlich unter der Dusche entspannen konnte.

Das Wasser rieselte über ihren Körper, welcher mehr und mehr voller Badeschaum eingehüllt war. Genüsslich hielt sie die Augen geschlossen, genoss den warmen Regen, bis sie durch ein lautes Geräusch hoch schreckte. Sie hüllte sich in ein großes Badehandtuch ein und trat vor den großen Spiegel. Alice erschrak zu Tode, als sie die Flecken auf ihren Körper sah, überall Blutergüsse und Kratzspuren. Sie verspürte plötzlich Durst und trank ganz hastig einen Zahnputzbecher voll kaltes Wasser aus der Leitung. Danach lief sie auf Zehenspitzen wieder ins Schlafzimmer und legte sich vorsichtig ins Bett, ohne Ralf zu stören.

Er lag immer noch so da, wie er zur Seite gefallen war. Alice deckte ihren Gemahl zu damit er sich nicht erkälten sollte. Am anderen Morgen stand Alice wie gewohnt auf und kümmerte sich ums Frühstück. Nach dem der Tisch gedeckt war rief sie:

"Darling, das Frühstück ist fertig."

Es kam ihr sehr merkwürdig vor, dass nichts zu hören war. Nichts rührte sich was Sie veranlasste, nach ihrem Mann zu sehen.

Als sie die Tür zum Schlafzimmer öffnete, lag Ralf bewegungslos da.

"Ralf! Um Himmels Willen, was ist mit dir?"

Alice rüttelte ihren Gemahl an den Schultern und merkte, dass er sich ganz steif anfühlte.

„Nein!" schrie sie herzzerreißend.

In Panik rief sie den Rettungsdienst und Notarzt. Nach wenigen Minuten trafen der Notarzt und Rettungswagen mit Blaulicht und Martinshorn ein.

Alice empfing den Arzt und die Sanitäter am Eingang. "Bitte folgen sie mir."

Als der Notarzt schon von weitem den Patient sah, wusste er, dass es zu spät war. Trotzdem schaute er sich den Leichnam gründlich an und untersuchte ihn.

"Was fehlt meinem Mann?"

"Frau Theben, ihr Mann ist tot. Es sieht nach stillen Herzinfarkt aus. Wir bringen ihn in die Gerichtsmedizin."

"Sie wollen doch nicht andeuten, ich hätte meinen Mann etwas getan?"

"Selbstverständlich nicht Frau Theben, aber wenn die Todesursache unklar ist… so verfahren wir mit jedem Leichnam. Das hat nichts mit ihnen persönlich zutun. Mein aufrichtiges Beileid Frau Theben."

Die Sanitäter hüllten den Leichnam in einer Wolldecke und trugen ihn in den bestellten Leichenwagen.

Alice stand unter Schock, dennoch schossen ihr so viele Gedanken durch den Kopf, was nun alles zu regeln war. Sie griff nach dem Autoschlüssel und fuhr in die Praxis. Die Angestellten warteten schon und Patienten saßen auch bereits im Wartezimmer.

"Frau Doktor, wo bleibt denn der Herr Doktor?"

"Bitte schicken sie die Patienten nach Hause. Mein Mann kann nicht mehr kommen, er ist ganz plötzlich verstorben. Bitte hängen sie ein Schild an die Tür, wegen Todesfall geschlossen."

Die Angestellten waren sehr betroffen und es war ihnen bewusst, dass sie sich nach einer anderen Anstellung umsehen mussten.

Wie in Trance verließ Alice die Praxis und stieg in ihr Auto.

*

Lukas Martens war wieder einmal in Bad Honnef und besuchte seinen Makler, den er seit Jahren nicht mehr gesehen hatte.

"Herr Schlick ich bin es, Lukas Martens."

"Das gibt es doch nicht, selbstverständlich kenne ich sie noch. Wie geht es ihnen? Ach übrigens ihre Villa ist wieder zu haben."

"Nein wirklich? aber wieso!"

"Tja, in ihrer Villa hält es keiner lange aus."

Lukas schaute erstaunt und verstand nicht, weshalb mit der Villa soviel Ungereimtheiten verbunden sind, dass die Käufer nach geraumer Zeit wieder verkaufen wollen.

"Haben sie schon einen Interessenten?"

"Nein, bisher noch nicht, aber wie wäre es mit ihnen?"

"Ich weiß nicht recht, aber vielleicht für meinen Enkel. Bitte warten sie mit dem Verkauf, bis ich mit meinen Enkel gesprochen habe, weil er ohne hin mein Universalerbe ist. Darf ich ihr Telefon benutzen?"

"Bitte sehr, bedienen sie sich. Ich lasse sie solange alleine."

"Vielen Dank."

Nach dem Herr Schlick sein Büro verlassen hatte, wählte Lukas seinen Enkel Dirk an.

"Hallo Dirk, hier ist Opa. Ich habe eine Überraschung für dich. Dass du mein einziger Erbe bist, weißt du ja und nun habe ich ein Objekt, was dir gefallen wird."

Dirk lauschte gespannt, was sein Opa für ihn hatte und dieses Angebot weckte sein Interesse.

Dirk, ein nordischer Typ so um die dreißig und sehr geschäftstüchtig!

"Danke Opa, dann komme ich nach Bad Honnef. In welchem Hotel logierst du?"

"Junge, du findest mich im Dell Hotel."

Dirk versprach, gleich am nächsten Tag noch anzureisen.

Lukas legte zufrieden den Hörer auf und rief Herrn Schlick zu sich.

"Herr Schlick, ich kaufe die Villa für meinen Enkel, damit das Objekt wieder in unseren Besitz kommt."

"Herr Martens, das freut mich aber sehr für Sie und auch ich bin damit eine Sorge los."

Lukas verabschiedete sich und kehrte noch in einem Restaurant ein, bevor er ins Hotel zurückging.

Am anderen Morgen traf Dirk pünktlich am Bahnhof ein und Lukas hielt Ausschau nach seinem Enkel. Schon stieg ein junger blonder Mann mit Sonnenbrille aus und schaute nervös um sich, und da entdeckte er seinen Opa.

"Mein Junge, da bist du ja. Du bist ein richtig gut aussehender Mann geworden seit unserem letzten Wiedersehen."

Dirk begehrte gleich sein Objekt zu sehen.

"Am besten gehen wir zu Fuß, es ist ganz in der Nähe."

Dirk war ziemlich schweigsam und stellte keine Fragen, wie es seinem Opa geht oder ergangen ist. Für ihn zählten nur Dollars. Nach wenigen Minuten war das Anwesen erreicht und Dirk schaute sich das Grundstück genau an.

"Eine schöne Lage", gurgelte er emotionslos.

"Gefällt es dir Junge?"

"Hmm, sehr zentral gelegen. Gut Opa, es gefällt mir."

Lukas sah lächelnd seinen Enkel an und sagte:

"Mein Junge, dann lass uns gleich zu Herr Schlick gehen und den Kauf perfekt machen."

Gemeinsam gingen sie in das Maklerbüro, wo Herr Schlick schon alles für den Kaufvertrag vorbereitet hatte. Lukas setzte seine Unterschrift auf den Kaufvertrag und erhielt die Schlüssel. Der Makler beobachtete Dirk Martens, der keine Regung zeigte.

"Ihr Enkel scheint nicht sehr begeistert."

"Wissen sie, er zählt zu den Menschen, die schlecht Gefühle zeigen können."

Herr Schlick reichte Dirk die Hand und gratulierte ihm zu dem Objekt. Lukas erledigte den Kauf und wollte am nächsten Tag wieder abreisen. Nach dem Dirk alles in der Tasche hatte, wollte er sich nun auch die Villa näher ansehen. Sein Gang war hektisch und seine Augen eiskalt hellblau. Sein blonder Schnauzbart stand ab durch die Oberlippe. Während er alles inspizierte und unter die Lupe nahm, spazierte eine junge Frau über die Fußgängerbrücke. Dirk war gleich begeistert, als die burschikose Frau ihn anlächelte.

"Sind sie der neue Besitzer?"

Dirk nickte und rang sich ein gekünsteltes Lächeln ab, was ihn nicht freundlicher erscheinen ließ. Margret ging weiter und dachte sich einen Plan aus, wie sie mit dem sturen Menschen in näheren Kontakt treten konnte. Er gefiel ihr und sie stand auf so grobklotzige Männer.

*

Dirk löste seine Wohnung in Bremen auf und bezog seine neue Villa. Er ging in die Stadt um einzukaufen und traf an der Kasse auf Margret.

"Haben sie sich schon eingelebt?"

Dirk schaute etwas entrüstet und antwortete:
"Ja, seit gestern und nun muss ich eben den Kühlschrank füllen."
Margret flirtete, was das Zeug hielt. Etwas unbeholfen packte Dirk die Lebensmittel ein und meinte dann kleinlaut:
"Vielleicht sieht man sich ja wieder."
Margret grinste vor sich hin und sagte zu sich selbst:
"Dich kriege ich noch mein kleiner kalter Nordie."
Dirk hatte andere Sorgen, als sich auf eine Affäre einzulassen. Als er zu Hause alles im Kühlschrank eingeräumt hatte, rief er Herrn Schlick an.
"Guten Tag, hier spricht Dirk Martens und ich möchte von ihnen erfahren, was die Villa mit Anwesen wert ist."
"Wieso wollen sie das wissen?"
"Herr Schlick, ich habe große Pläne und trage mich mit dem Gedanken alles abzureißen und einen großen Wohnpark errichten."
"Herr Martens, das ist ein guter Gedanke und ich kann den Wert ungefähr auf circa viereinhalb Millionen ansetzen."
Dirk dachte angestrengt nach und rechnete sich aus, dass er mit der Summe auskommen müsste.
"Ist ihr Großvater denn damit einverstanden?"
"Das lassen sie mal meine Sorgen sein" antwortete Dirk kalt.
"Also gut Herr Martens, dann bauen sie ihren Wohnpark."
"Das werde ich auch tun und Niemand wird mich davon abhalten."
Dirk legte den Hörer auf die Gabel und lief nervös auf und ab.
Zur Beruhigung und um besser nachdenken zu können, holte er sich eine Flasche Bier aus dem Kühlschrank. Er öffnete die Flasche und nahm einen riesigen Schluck

daraus, so dass er lang und ausgedehnt rülpsen musste.
Aus einer wurden drei Flaschen, die Dirk trank und
schließlich auf dem Stuhl einschlief, auf dem er saß.
Durch einen lauten Knall wurde er wieder wach und
erschrak beinahe zu Tode. Vor ihm stand eine stattliche
Erscheinung und maßregelte sein Verhalten.
"Du bist eine Schande der Familie Martens. Ich warne
dich, wenn du die Villa abreißen lässt, dann sollst du
verflucht sein und dein Plan scheitern."
"Wer sind Sie und wie sind Sie hier herein gekommen?"
Die Gestalt löste sich in Luft auf und Dirk erschauderte,
da es eisigkalt geworden war, so dass er seinen
Atemhauch sehen konnte.
"Was geht hier vor?" gurgelte er vor sich hin.
Seine kalten Augen strahlten pure Angst aus.
"Hier bleibe ich nicht und werde ins Hotel gehen."
Schnell packte er ein paar Sachen ein und verließ
überhastig seine Villa.
In einer kleinen Pension fand er ein Nachtquartier und
zahlte dafür im Voraus. Am anderen Morgen telefonierte
er mit etlichen Unternehmen.
Beim Frühstück studierte er die Wohnungsannoncen,
weil er ein kleines Appartement für sich suchte bis der
Wohnpark fertig gestellt sein würde. Schnell wurde Dirk
fündig und rief gleich an.
"Ist die Wohnung noch zu haben?"
"Ja, die Wohnung ist noch nicht vergeben"
antwortete eine ältere Damenstimme.
Herr Martens vereinbarte einen Besichtigungstermin und
sah sich die Räumlichkeiten an. Seine kalten Augen
fixierten jede Ecke.
"Nun mein Herr, haben sie sich entschieden?" fragte die
ältere mütterliche Dame.
"Ja, ich nehme die Wohnung und hätte gerne einen
befristeten Mietvertrag von zwei Jahren."

Die nette Dame schaute verwundert und fragte nach dem Grund. Dirk Martens stierte sie an und gab gurgelnd zur Antwort:

"Das kann ich ihnen genau sagen, weil ich in meinen eigenen Wohnpark einziehen werde."

"Ach so, jetzt verstehe ich und das geht in Ordnung."

Der Vertrag wurde per Handschlag besiegelt und Dirk erhielt die Wohnungsschlüssel. Er holte seine Sachen aus der Villa und gab der Abrissfirma grünes Licht.

Am nächsten Morgen rückte pünktlich die Abrissfirma an und Dirk wollte persönlich anwesend sein.

Schaulustige hatten sich versammelt und sahen neugierig dem Spektakel zu und viele bedauerten die Zerstörung der schönen Villa.

Nachdem der Abriss vollendet war, wurde das Grundstück eingezäunt und ein großes Schild angebracht, woraus hervor ging, wie der Neubau aussehen sollte. Viele Spaziergänger blieben vor dem Schild stehen und schüttelten den Kopf, aber Dirk Martens ging es um den Profit.

*

Nach einem Jahr war der erste Block fertig gestellt, der sich an der Straßenseite befand. Weitere Bauten erstreckten sich in Richtung der B42.

Wenige Monate später wurde der letzte und höchste Bau hoch gezogen.

Da fertige Bauelemente verwendet wurden, war die Vollendung in wenigen Wochen beendet.

Viele betuchte Mieter kauften sich noch vor der Fertigstellung ein und der Rest wurde vermietet.

Als die Elektronik und Sanitären Einrichtungen zum Einsatz kamen, passierte ein großes Unglück.

Eine Stahlbetonwand stürzte um und zerschmetterte dem Elektriker sein Bein. Der Schrei war bis zwei Kilometer zu hören.

Dirk Martens brauchte einen anderen Elektromeister und kümmerte sich nicht um den Schwerverletzten, der über ein Jahr im Krankenhaus verbrachte.

Es zählte nur, dass der Bau so schnell wie möglich fertig würde.

Im Herbst 1974 zogen die ersten Mieter ein und merkten sehr schnell, dass sie sich mit dem Objekt nicht anfreunden konnten.

Familie Kimme störte sich an die steigenden Kosten, die vorher nicht ersichtlich waren.

Dirk stellte einen Hausmeister ein, der für wenig Lohn „Mädchen" für alles war. Er wohnte nicht einmal preisgünstiger und durfte die volle Miete zahlen.

Herr Kelterbach lebte mit seiner Frau Josephine im letzterrichteten Haus in Parterre.

Während Kurt Kelterbach den Rasen mähte und verstopfte Abflüsse bei den 120 Mietern wieder frei machte, putzte Josephine die Treppenhäuser. Sie war eine attraktive Frau, der die Herren der Schöpfung gerne nach sahen.

Kurt gefiel das gar nicht und seine Eifersucht kannte keine Grenzen.

Josephine fühlte sich so eingeengt, dass sie eines Tages ihren Gemahl verließ, als er gerade bei seinem Boss war.

Dirk schaute herablassend auf seinen Angestellten, während er ihm die Aufgaben auftischte. Es war eine ellenlange Liste mit den unterschiedlichsten Aufgaben.

Kurt seufzte schwer.

"Haben sie damit ein Problem, Herr Kelterbach?"

"Ein Problem gerade nicht, aber nicht in dem vorgeschriebenen Zeitraum."
"Bitte gehen sie und fangen sie so schnell wie möglich an."
Kurt stand mit gesenktem Haupt auf und verließ Dirks Büro.
Als er wieder in seine Wohnung ging, traf ihn der nächste Schlag.
Nachdem nun eindeutig hervor ging, dass Josephine ihn tatsächlich verlassen hatte, brach vollends die Welt für Kurt zusammen.
Die teure Wohnung konnte er sich finanziell nicht mehr halten und bat um eine kleinere und günstigere Wohnung.
Dirk kannte kein Erbarmen und gab ihm eine kleine Wohnung ohne Balkon. Mit Hausmeisters wenigen Habseligkeiten war der Umzug schnell getan. Er stürzte sich in seine Aufgaben, die Martens ihm gestellt hatte und kümmerte sich um die hochgestochenen Eigentümer, die mit jeder Kleinigkeit ihn zu sich riefen.
Eines Tages wurde Kurt immer depressiver und zog sich nach getaner Arbeit ganz zurück. Er machte sich eine Flasche Wein auf und wollte nur noch schlafen und nicht mehr nachdenken müssen.
Nach drei Gläser spürte er eine Gelassenheit, die aber nach dem vierten Glas in eine große Depression wechselte.
Kurt weinte fürchterlich und sah für sich keinen Ausweg mehr.
Kurz entschlossen erhängte er sich am Fensterkreuz.
Am anderen Morgen gingen Anrufe von besorgten Mietern bei Dirk ein, dass etwas baumelndes am Fenster von Kurt zu sehen war. Völlig gereizt lief Martens auf den Hof und wollte nach Kurt sehen.

Als er vor dem Haus stand, wurde er blass und schickte die Schaulustigen weg. Er alarmierte Notarzt und Polizei, die sehr schnell am Ort des Geschehens eintrafen.
Dieses Drama sprach sich schnell herum und wurde auch im Tagesblatt geschrieben.
Nach Kurt gab es noch unzählige Hausmeister, die aber nie lange ihren Dienst dort ausübten.
Die Mieter zogen ein und nach kurzer Zeit wieder aus. Dramen, Selbstmorde und Morde geschahen immer wieder und häuften sich. Intakte Beziehungen und Ehen zerbrachen aus unerklärlichen Gründen.
Eine junge Frau mit drei Kindern konnte sich lange nicht gegen die Machenschaften von Martens wehren.
Sie erlebte hautnah die Hölle und den Fluch, der von dieser Wohnung ausging.
Einundzwanzig Jahre dauerte es, bis sie sich mit ihrer Familie dem Fluch endgültig entziehen konnte.
Bis zum heutigen Tage halten die Unglücksfälle weiterhin an und immer wieder werden arglose Menschen die dort hinziehen die schlechte Erfahrung erleben müssen.
Es wird für alle Zeit ein Ort der Verdammnis bleiben und ein Fluch der Vergangenheit.

ENDE